어 쩌 다 가

어쩌다가

1판 1쇄 발행 2021년 9월 29일

지은이 김담희

교정 주현강
편집 유별리

펴낸곳 하움출판사
펴낸이 문현광

주소 전라북도 군산시 수송로 315 하움출판사
이메일 haum1000@naver.com   **홈페이지** haum.kr

ISBN 979-11-6440-840-5

좋은 책을 만들겠습니다.
하움출판사는 독자 여러분의 의견에 항상 귀 기울이고 있습니다.

어쩌다가

세상 속에서 겪은 수많은 사연

— 김담희 지음 —

머리말

언제부터인가 내 인생에 들어온 말 '감사와 행복'
지금처럼만…….

다소 풍요롭지 않을지라도
다소 아픈 곳이 있을지라도
다소 내 마음에 생채기를 내는 사람들이 있을지라도
다소 죽음을 준비하지 못했더라도

아직도 버리지 못한 많은 것에 대한 집착이 자리하고 있을지라도 나는 지금 이 순간도 감사하고 행복하다. 또한, 자연에서 느껴지는 아름다움과 우연처럼 필연인 양 내게 온 수많은 인연 속에서 나를 사랑하고 좋아해 주는 이들의 향기로 삶을 유지할 수 있다는 것이 얼마나 가슴 벅찬 일인지~

내 삶의 일부분을 사랑하는 이들과 나누고 싶다는 마음에 내 삶의 행복한 풍경, 내 삶의 아픈 상처, 말로 표현하지 못한 감정들을 풀어놓았다.

공감할 수 있으면 다행이라고 생각하면서…….

목차

제1장

인
연
인
가
요

세상에서 마주한 모든 것이
내게 인연인가요.

발에 차인 돌 하나
손끝에 으스러진 풀잎 하나

환한 미소 지어 보이는 얼굴들
소중한 나의 것을 훔쳐 간……. 그리고,

암이란 손님, 참다운 스승
내 마음속에 새겨진 수많은 것이.

친구에게
보낸 편지

친구에게 보낸 편지 ①

"道를 배우는 데는 친구가 필요 없다.
착한 벗을 만나지 못했거든
차라리 홀로 善을 닦을 것이지
어리석은 사람과 짝하지 말라.

진정한 行을 스스로 즐기거니
친구를 사귀어 무엇하리.
홀로 善에 머물면 근심 없으니
마치 빈 들의 코끼리 같으리."

불교 경전 『법구비유경』의 「교학품」中

"수행하는 사람은 홀로 있을수록 넉넉한 뜰을 지닐 수 있다.
마음에 꺼리는 사람들과 있기보다는 외롭더라도 홀로 있는 게
얼마나 홀가분한 일인가를 겪어 본 사람이면 알 수 있을 것이다.

누가 말했던가. 홀로 있을 때의 너는 온전한 너이지만
친구와 같이 있을 때는 절반의 너밖에 존재하지 않는다고
또한 홀로 있을수록 함께 존재한다.

수행자는 어차피 홀로 가는 사람이니까
고독은 보랏빛 노을이 아니라 당당한 있음이다."

법정 스님 『인연이야기』 中

친구에게 보낸 편지 ②

차분하게 내리는 빗줄기에 목마르던 대지조차 촉촉함을 만끽하는 듯, 거리에 뒹굴던 낙엽들도 뭔지 모를 많은 현수막도 모두 제자리에 그렇게 있네요.

오늘처럼 조용히 비가 내리면 우산을 받고 융단처럼 노란 은행잎이 깔린 길 위를 걸어 보는 것도 멋질 것 같고, 풍경 좋은 찻집에서 향기로운 찻잔을 앞에 놓고 말 없는 미소를 보이며 앉아 있는 것도 좋을 것만 같은데…….

뜻밖의 님의 전화가 반가웠습니다.
같이하지 못한 일들에 대한 미련의 마음들을 담아 대신 글로 전합니다.

또한 오늘 같은 날엔 짙은 레드빛 패션 소품 하나쯤을 목에 걸치면 따뜻하고, 어두운 분위기에서 나를 조금은 밝게 할 수 있을 것 같기도 하고…….

산다는 것이 별것도 아닌 것 같은데
우리는 왜 항상 산다는 것을 의식하며
힘들다, 좋다, 짜증이 난다
이런 말들을 하거나 생각하며 살까요?

친구에게 보낸 편지 ③

빠르게 또 한 해가 지고 있습니다.
그 한 해의 끝자락에서 2006년을 회고해 봅니다.

할 일을 빼앗기고 담담함 속에서 새롭게 시작했던 수행하는 삶을 선택했던 지난 한 해는 그 어느 때보다도 나에게는 여유롭고 행복한 시간이었음을 감사함으로 생각할 수 있습니다.

모든 것이 완벽할 수는 없기에 부족함 속에서도 또 다른 넉넉함은 항상 우리를 살아가게 하는 원동력이 됨을 우리는 압니다.

가치관의 중요성을 어디에 두고 살아가는지에 따라 우리의 행복과 즐거움은 달라짐도 압니다.

많은 이와의 만남을 통해서도 우리는 행복한 시간의 교류와 불평과 불만의 나쁜 기운들을 전달받습니다.

그래서 또 배웁니다.
나를 만나는 사람이 좋은 기운을 받을 수 있도록

항상 감사한 마음으로 순간순간을 만들어 가자고 다가오는 새로운 한 해, 온전히 님이 행복하고 건강하여 감사하는 한 해가 되길 기원해 봅니다.

친구에게 보낸 편지 ④

어제의 하늘이 오늘 똑같아 보이지 않습니다.
꿈도 꾸지 않았던 누군가와 함께하는 길

벌써 해를 넘기고
지난주에는 기념으로 1박 2일 여행을 다녀왔습니다.

바다를 많이 보고 바다를 닮으려 애쓰려고 합니다.
또 언짢을 수 있으나 님도 나와 같은 길을 갈 수 있었으면 좋겠습니다.

나를 위하고 누군가를 위하고 함께 삶을 이야기 할 수 있는 대상이 있어, 때론 많은 공간과 시간 속에서 허우적댔던 것들도 이제는 무언가 꽉 찬 느낌으로 보냅니다.
그랬으면 좋겠습니다.

하시는 일은 어느 정도 결실을 거두었는지 궁금합니다.
바람 많이 부는 이 가을
십일월에는 건강하고 사랑 많은 시간이 되길 바라며…….

친구에게 보낸 편지 ⑤

무언가의 짓눌림에 부담스러운 하루를 보내다가 몸도 마음도 조금은 편안해진 지금, 나는 많은 이에게 미안한 마음으로 아니 님께 먼저 글을 쓰고 싶습니다.

앞다투어 피어나던 꽃들의 자태도 제대로 감상 못 하고 봄을 보내는가 하다가 일요일에 왕복 십 킬로의 기다란 벚꽃 길을 힘들게 걷고 와서 두 다리가 심히 아프고 졸음도 오는 현상을 겪으면서 오늘을 보냈습니다.

그래도 또 내가 누굽니까?

청소도 하고 빨래도 하고 다리미질도 하고 홈 쇼핑 채널도 보고, 책도 보고 단원 정리도 다시 해 보고 인터넷 AS도 받고 기념으로 이메일 보내기.

근데 오늘은 태양이 겸손해서인가 어디로 숨어서 하루 종일 구름밖에 보이지 않아 서운하네요. 학교 정문으로 들어서던 길목에 청초한 모습으로 단아한 꽃봉오리를 보여 주던 목련은 태양으로 더욱 눈부셨는데…….

이렇게 자꾸 시간은 흐르고 안타까운 인생이 덧없이 소진되어 가는 걸 어떻게 할까요? 때로는 서글픔이 있을지라도 같이 하기에 좋은 시간이 많아서 나는 님께 감히 님의 짝을 찾아 나서는 길에 주저하지 않기를 바랍니다.

분노가 풀리면 인생이 풀리고
사랑을 찾으면 사랑이 찾아오고
감사를 노래하면 감사함이 생기고
생각이 자유로우면 내 마음이 행복해진다고 합니다.

일주일의 시작인 월요일을 잘 만들어 행복한 시간으로 채워 나가길……. 베란다의 창문으로 한 점 바람에 풍기는 허브 향기를 맡을 수 있음에 감사하면서 님께도 전합니다.

친구에게 보낸 편지 ⑥

바람이나 쐬러 나간다 생각하라며 나에게 기회를 만들어 준 님의 세심한 배려를 잊지 않고 있습니다.

나의 시집살이의 시작을 진심으로 축복해 주던 소중하고 따뜻한 그 마음 깊이 간직하고 있습니다. 무언가에 쫓겨 일상에 젖다 보면 가끔 소중한 것을 챙기지 못할 때가 있습니다. 하나를 얻으면 하나를 잃을 수 있다는 것을 상기하며 살아가려고 합니다. 내가 가지고 있는 것을 소중히 감사하게 생각하려 애씁니다. 너무도 부족한 나이기에 님의 마음을 따뜻하게 할 수 없음이 안타깝습니다. 살랑거리는 밤바람이 마침 저녁 데이트를 즐기기에 딱 좋은데…….

많은 시간 속에서 행복한 미소가 지어질 수 있기를.

친구에게 보낸 편지 ⑦

자연마저 님을 질투하는 것 같습니다.

진눈깨비와 바람이 함께하는 어제와 오늘. 이 세상에 처음 발길을 내디뎌 삶을 시작한 지 46년 전 오늘은 어떠했을까요? 47년이 되는 오늘 이후로 님의 삶은 그 어느 때보다 풍요롭고 즐거워지리라 기원해 봅니다. 더불어 함께했던 어머님의 노고도 잊지 않고 감사함을 함께 나누는 시간이 되었으면 합니다.

선물은 필요한 선크림을 사 드릴게요.

친구에게 보낸 편지 ⑧

사랑이 가슴 깊게 새겨지고
충만한 자만이 사랑을 노래할 수 있으리라.

아름다운 자연을 보고
정겨운 사람들을 만나며

그곳에서 행복을 느끼고
또다시 일상으로 행복을 전하는 당신

당신은 분명 향기로운 꽃이라도 되시나요?

친구에게 보낸 편지 ⑨

마음의 여유 없이 바쁘다는 핑계로 일상을 그냥 그냥 보낸 지가 꽤 되었나 봅니다. 어깨를 짓누르는 무거운 과제들로 사랑하는 당신들을 잠시나마 뒤로 한 채 가쁜 숨을 몰아쉬어 가고 있습니다. 욕심을 버리고 세상에 무뎌져 가는 모습이 아름답다고 어떤 이는 내게 말합니다.

그렇습니다. 무엇이든 잘해야 한다는 생각에서 이제는 적당한 편안함이 타인들에게도, 나에게도 좋은 모습일 것이라고 위안하면서 그렇게 적당한 모습으로 살아가고 있습니다.

노을 지는 하늘의 멋진 모습에 감탄할 수 있는 내가 때로는 좋습니다. 그나마 다행인 건 우리 집에서 볼 수 있는 저녁노을과 밤하늘의 별과 달, 반짝거리는 불빛들의 야경에 조금씩 여유를 가지려고 합니다. 당신께도 좋은 야경을 보여 드리고 싶고, 가까운 시일 내에 초대하고 싶습니다. 그동안 아름답고 훌륭한 글들 감사했습니다. 가슴을 적시는 감동이 있었습니다.

나는 행복한 사람임이 틀림없습니다. 내 가슴을 적시는 감동을 주는 당신을 비롯한 많은 이가 있기에 비를 맞으면서도 함초롬히 피어 있는 장독대 분꽃을 생각하면서……

나의 자랑
K 영미

광주여자대학교에서 4학기 정도 수업을 했던 것 같다.

그 시기에 만난 만학도 중 한 명이었던 그녀는 예의가 바르고 공부도 몹시 잘했던 학생인데 나와 잘 통하고 인정 많고 상냥한 학생이었다. 흔히들 '천사표'라고 칭하는 사람 중 한 명에 해당할 것 같다.

항상 나는 수업 도중 인생과 삶에 대해 얘기하는 것을 좋아했는데, 그녀와 많은 대화를 했고 미래에 그녀가 교사가 될 것을 직감했다. 나의 예감은 적중했고 그녀는 지금 선생님의 역할을 충실히 이행하고 있는 듯하다. 많은 사람이 필요에 따라 만남과 이별을 반복하는 것을 보며 나는 말했었다. 언젠가는 나를 잊을 것이고 찾지 않을 것이라고…….

그녀는 부인했고 여전히 최소한의 인사라도 잊지 않으려고 노력한다. 1인 다중 역할을 해야 하는 삶이 쉽지 않을 테고, 종교적 관심도 조금은 다를 수 있고, 여러 가지 이유로 예전처럼 자주 통화하고 만나지는 못한다. 그래도 가끔 잊지 않음을 보여 주려 하는 그녀에게 준 것도 없이 너무 오랜 세월을 대접받는 것 같아 미안한 생각에 그리 말하면, 그녀는 "교수님은 충분히 대접받을 만큼 저에게 많은 것을 주셨고, 무엇보다 용기와 격려로 저를 교직에 설 수 있게 해 주신 고마운 분이세요."라고 한다. 그렇게 표현을 해 주는 그녀가 고마울 따름이다.

 과거 어느 때는 그녀가 손수 쓴 짧은 문장의 글과 메시지가 나에게 몹시 큰 위로였으며 자랑이었다. 내가 교직에 있는 동안 많은 학생을 만났고, 내게 더 할 수 없이 잘했던 학생들도 많았지만, 내 맘을 가득 채운 그녀의 삶이 내겐 분명 자랑이다.

03

홍천에 사는
멋쟁이

　서울에서 유학할 때 만난 그녀는 나의 질투심을 자극한 유일한
사람이었다.

　전 과목 만점으로 장학금을 받고 입학했다는 사실을 알고 나서
부터 그녀는 내게 특별한 존재였다. 단정한 글씨체로 노트 정리
를 너무도 잘해서, 난 학창 시절에 한 번도 느끼지 못한 스트레스
를 받기까지 했다. 우리는 비슷한 점도 많았다. 부모님이 연로하
시고 형제들의 도움을 받는 막내라는 것과 섬세한 성격이 비슷해
동질감을 느끼고 서로를 의지하고 많이 가까워졌다. 가까워지기
훨씬 전에도, 작품 준비를 위해 남대문 시장 쇼핑을 마치고 돌아
서는 길에 이름은 알 수 없는 보랏빛 예쁜 꽃다발을 내게 안겨 주
는 그녀에게 나는 감동했다. 나이도 적은 그녀는 그렇게 상대방
을 위하고 기쁘게 하는 아기자기한 성격의 소유자였다. 내 인생
의 첫 해외 나들이였던 보름간의 일본 연수 때는 똑같은 모양과
똑같은 색깔의 모자를 골라 쓰고 쌍둥이처럼 다니기도 했다. 우
리는 서로를 인정하고 아꼈다. 방학 때도 편지로 정을 나눴고 많
은 사연을 가지며 졸업을 했다. 그리고 각자의 삶을 살아가던 중
그녀는 사랑하는 남자를 만나 결혼을 하게 되었다. 그녀의 부탁

으로 예쁜 신부를 만들어 주기 위해 후배 한 명을 데리고 홍천으로 출장을 가게 되었다. 나의 기억으로는 11월쯤 되는 시기였던 것 같다. 노란 은행잎이 장관을 이루고 있는 홍천의 거리가 그림처럼 느껴졌다. 나를 위해 준비한 손만둣국도 잊지 못할 맛이었고 그 정성에 감동했다. 키도 훤칠하고 잘생긴 그녀의 신랑을 보았는데 성격 또한 좋아 보였다. 잘 치장한 그녀는 하얀 드레스를 입고 노란 은행잎이 장관인 거리에서 추위에 떨면서도 행복한 모습으로 웨딩 포토를 찍느라 여념이 없어 보였다.

그리고 세월이 흐르고 나의 결혼식에 참석하기 위해 그녀와 남편이 광주를 다녀가고, 몇 년 후 강원도 여행을 하게 되면서 홍천에 사는 그녀를 보러 갔다. 그녀는 또 날 위해 강원도 옥수수를 한 솥 삶고 있었다. 무더운 여름의 여행 중 그녀의 집에서 하루를 묵고 오면서 많이 미안한 생각이 들었다. 그리고 또 세월이 흘러 아들이 그쪽으로 군대에 가게 되었고, 부부는 주저 없이 우리 아들 친구들과 우리 부부에게 맛난 점심을 대접해 주었다.

그 후로도 나의 병마 소식을 듣고 더덕 한 자루를 보내고 강원도 옥수수를 보내 줘서 잘 먹었다. 며칠 전, 그녀가 전주로 여행 계획이 있다면서 만남을 제안하여 우리 부부는 토요일 아침 전주로 향했다. 오랜만의 만남에 그녀를 만나러 가면서부터, 그리고 만남 내내 기쁨과 아련한 행복감이 밀려왔다. 꾸민 듯 꾸미지 않은 것 같은 그녀의 패션 센스도 좋아 보였고, 적당히 멋을 아는 그녀와 마주하고 있으니 과거의 나로 돌아간 듯한 느낌도 들었다. 외향과 내향이 모두 멋진 그녀다. 꾸미는 것이 모두 부담스럽고 나쁜 것은 아닌데 언제부터인가 내 주변인 중에는 나를 황홀하게 하며 내 눈에 들어오는 멋쟁이가 별로 없는 것 같다. 적당한 꾸밈이 가끔은 보기에도 좋은데…….

이날도 여전히 그녀는 우리를 위한 선물을 잊지 않았다. 캐시미어 목도리를 커플 목도리로 쓰라며 준비했고, 양구의 깊은 산에서 구했다는 꿀단지까지 가지고 와서 미안하게 만들었다. 식사 후 차 한 잔씩을 나누고 전주 한옥 마을 시내를 좀 돌다가 다음을 기약하며 헤어졌다.

그녀가 아이들 문제로 상담 요청을 해서 준비는 해 갔지만, 분위기와 시간이 충분하지 못해서 별 도움을 주지 못하고 돌아온 것이 섭섭함으로 남았다. 받는 것보다 주는 것에 익숙하고, 속 깊음이 나보다 낫고, 나이 많은 어른 같아 보이는 그녀의 삶이 행복하게 빛나기를 바란다.

프리지어
꽃잎처럼

어느 봄날 노란 프리지어 꽃잎처럼
화사하고 달콤하게 내게 온 너
세상살이 풍파 속에서

희망 같은 색깔로
위로하며 살맛 나게
무거운 수레 밀어 주던

그 힘으로 밝은 기운 전해 주는
너를 오늘도 나는 기다린다.

그 봄날의 프리지어 꽃잎처럼
환하게 다가오는 너의 모습을(경선).

칭찬과 사랑을
내게 준 사람들

어려서부터 유난히 많은 사람에게 귀염과 사랑을 받은 것이 확실히 기억난다. 내 가족과 친척들 말고. 초등학교 3학년 때 총각 담임 선생님은 노골적으로 나를 예쁘다고 하셨고 5학년 때 여자 담임 선생님은 부반장을 제치고 나를 학습부장으로 임명하여 숙제 검사도 시키고 나에게 많은 권한을 주셨다.

항상 나의 그림은 교실 뒤편을 장식하고 깔끔하다며 칭찬을 아끼지 않았던 선생님, 글솜씨가 좋다며 백일장에 나가 보라고 권하던 중학교 선생님, 별로 착하지도 않은 나를 예쁘게만 보고 전남 학생 대표로 추천해서 선행상을 받게 했던 고등학교 3학년 담임 선생님, 미술 전공을 권유했던 아담하지만 속은 넓었던 여자 미술 선생님, 예비고사 후에 성적표 들고 본인을 찾아오라며 자전거에 나를 태우고 우리 집까지 데려다주던 국어 선생님, 서울에서 유학할 때 내 밥 위에 반찬까지 얹어 주던 선생님, 방학 때 일부러 전화까지 해 주었던 선생님, 강의 첫날 무슨 옷을 입었고 어디쯤에 앉아 있었던 것까지 기억해 주던 선생님, 나의 석사 논문이 좋다며 빨리 국회도서관에 등록하고 발표하라던 그분 등.

많은 사람 앞에서 영향력을 가지고 강의할 수 있을 거라고 사투리를 교정해 주었던 서울 언니들.

세월이 흐르고 내가 선생님이 되어서 만난 많은 제자와 사람 중에서도 유난히 나를 사랑했던 몇 사람이 기억난다. 어느 스승의 날에는 너무 많은 선물을 받아 교감 선생님이 집까지 데려다준 적도 있었다. 그 선물 가운데 지금도 기억나는 선물 중 하나는 큰 선물 상자를 열면, 그 속에 또 다른 선물 상자가 들어 있고, 그것을 열면 또 좀 더 작은 선물 상자가 들어 있었다. 10번째 정도 되는 마지막 상자 안에는 정성이 담긴 편지가 있었다. 그 선물을 준비하기 위해 얼마나 많은 생각을 했을 것이며 시간과 경제적인 것까지 생각하니 고마움에 앞서 미안한 생각이 들었던 기억. 내가 무엇이라고 나를 먹이겠다고 이고 지고 동산을 힘겹게 오르며 먹을 것을 나르던 사람들.

어느 해 여름 방학이 시작되던 날, 시원하게 입으라며 선물 받은 뱅뱅 메이커 옷이 있었다. 오렌지색 민소매 티를 선물 받았는데 너무도 내게 잘 어울리고 시원해서 20년이 넘도록 버리지 못했고, 한 번쯤 만나고 싶다고 생각한 사람이 있었다. 세월이 흐르고 내가 암 진단을 받고 항암 치료를 하면서 요양 병원에 입원해 있을 때 식사 시간에 줄을 서 있다가 그 사람을 만났다. 영화 같은 해후였지만 그녀는 나를 선뜻 알아보지 못했다. 나의 이름을 밝히고 난 후에야 비로소 겨우 나를 알아봤다. 그때부터 우리는 다시는 소식을 끊고 살지 말자며 가끔 만나고 있다. 젊은 시절의 내가 그토록 예뻤다며 지금도 몸 둘 바를 모르게 칭찬하며 좋아해 주는 그녀는 전생에 내 애인이 아니었을까 생각하게 만든다.

또 한 명의 그녀는 나의 친언니처럼 보호자처럼 늘 내 곁에서 나를 지켜 주고 우리 친정 식구들이 나를 미처 챙기지 못할 때, 나를 눈물겹도록 챙겨 준 사람이다. 그녀 역시 젊은 시절의 내가 꽃처럼 예뻤다고 칭찬을 아끼지 않았다. 사실 나도 눈이 있고 사람들도 다 아는 사실이지만 내가 예쁘다는 것은 좀 그런 표현인 것만 같다. 이목구비가 제대로 예쁘게 생긴 것도 아니고, 갸름한 얼굴에 미소 띤 얼굴도 아닌데. 그리 표현해 주는 그들은 내게 사랑을 주는 사람들임이 분명하다. 진정성 없는 가식이 아님을 나는 알기에, 그들의 사랑에 감사하고 그들의 사랑으로 살아가는 자양분을 얻는다. 또한, 내 인생에 수없이 지나간 많은 인연 가운데 모두 언급할 수는 없으나 분명 나를 사랑해 주었던 모든 이가 역시나 내 삶의 자양분 역할을 한 것도 무시할 수 없다.

06

생각만으로도
그지없는 엄마

올해로 엄마가 이 세상을 떠난 지 30년이 된 것 같다.

음력 6월 4일에 신호라도 보내듯이 멀쩡하던 내 가방끈이 끊어지던 아침을 잊을 수가 없다. 그리고 몇 시간 후에 학교 전화로 나를 찾는 뜻밖의 형부 음성은 그 당시 병원에 입원 중인 언니에게 무슨 일이 일어난 게 아닌가 했지만, 놀라지 말라면서 엄마가 교통사고로 전남대 병원 응급실에 계시니 빨리 오라는 소식이었다. 언니 문병 다녀오시던 길에 당한 처참한 사고였다. 엄마가 계신 응급실을 찾아가 보니, 병상에 누워 계신 엄마는 핏기가 없는 얼굴을 하고 있고, 이마는 꿰맨 자국이 그대로고, 다리가 아프다며 신음하며 나를 불렀다. 그리고 30분도 채 지나지 않아 엄마는 결국 눈을 감았다. 그 순간에 의사와 간호사의 태도 또한 잊지 못한다. 그 위중한 상황에 웃으며 농담하는 그들은 인간처럼 보이지 않았다.

한여름에 엄마는 너무도 허망하게 이 세상과 나를 버리고 가신 것만 같아 한동안 슬픔에 잠겨 먹을 것도 가까이할 수 없었다. 그해 여름에 잊지 못할 폭우가 내렸다. 360mm의 집중 호우였다. 우리 집 마루까지 물이 차는 무서운 경험이었다. 옛날이야기처럼 엄마의 묘가 무너지고 관을 열고 엄마가 살아 돌아오는 꿈을 꾸거나 상상을 수없이 했다. 그러면서 세월은 흐르고 평소 엄마가 좋아했던 옥수수를 삶고 과일 몇 가지와 전과 떡 그리고 엄마가 좋아했던 꽃을 준비해서 산소에 다녀오는 것으로 엄마를 기렸다.

엄마의 식성을 그대로 닮아서 고기보다는 야채를 좋아하는 나와 친정 식구들. 미적 감각과 맵시 또한 엄마를 많이 닮았으며, 깔끔함과 부지런함은 우리 부모 모두를 닮았다.

약간의 다혈질인 성격 또한 그러하며 지기 싫어하는 성향 역시 그런 것 같다. 엄마는 돌아가시기 얼마 전까지 비녀에 낭자머리를 하셨으며, 여름이면 풀 먹인 모시를 두드리고 다림질하여 아버지도 입혀 드리고 엄마도 즐겨 입으시고는 했다. 그 당시 나 또한 엄마의 영향을 받아서인지 젊고 풋풋한 나이와 걸맞지 않게 풀 먹여 빳빳한 모시옷이 좋아 보여서 엄마에게 배운 대로 따라 하며 입고는 했다. 여름이면 더욱 엄마에 대한 추억과 그리움이 뭉클거리며 돋아난다. 입맛 없는 여름철에 엄마가 담가 놓은 무장아찌를 꺼내어 참기름과 깨를 넣고 무쳐 주면 이 세상 어느 반찬보다도 맛있는 최고의 밥반찬이었지만, 이후 그 맛은 찾을 수가 없었다. 비가 오는 날이면 우물가와 대문 등 미처 손이 가지 않던 곳의 먼지와 때를 열심히 닦으시고, 헌 신문지를 이용하여 다리미판을 만드시고 그냥 할 일 없이 시간을 보내시는 걸 거의 본 적이 없었다.

평생을 아끼고 엄마 입에 들어가는 음식을 아까워하며 자식들 잘살게 만들어야 한다고 늘 말씀하셨으며, 내가 기억하는 한 엄마는 우리 집이 경제적 어려움이 없을 때도 여전히 엄마 친구분과 함께 보따리를 이고 행상을 다니셨던 것 같다. 그리고 겨울이면 어망 공장에서, 여름이면 일명 '하드'라고 불리는 얼음과자 공장의 일감을 가져와 집에서 할 수 있는 일을 하시다가 오빠가 퇴근하는 시간에는 감추는 일들을 계속 보았다. 가을이면 추수하는 밭에 나가 일당을 받으며 알바를 하셨던 엄마. 그렇게 일하는 엄마 곁에서 올케도 불편했으리라는 생각이 든다. 엄마의 끝없는 노동과 성실성 뒤에 남은 것은 무엇인가? 갑작스럽게 세상을 떠나셔서 나는 그저 힘들었고, 남은 가족 모두가 준비 없이 맞은 이별 앞에 허탈함과 회한만이 가득한 시간을 보냈다. 생전에 새가 되어 훨훨 날아다니고 싶다던 엄마. 엄마 무덤 앞에 가면, 이상하게도 새가 날아와 비석에 앉곤 했다. 최근 몇 년은 본 적이 없는 것 같다. 엄마의 극락왕생을 수없이 발원한다.

07
어쩌다가

어쩌다가 내가 부처님 법을 만나
참회의 눈물 그리도 많이 흘려
행복의 도량으로 들어왔는지

어쩌다가 내가 당신을 만나
아픔과 고통으로 한숨 쉬게 하더니
안락과 평화의 아름다운 숲으로 들어오게 하였는지

나의 인생에 어쩌다가
그런 일이 생겼을까를 몇 번씩 자문해 본다.
나의 인생에 어쩌다가 그 사람을 만났을까를…….
긍정적인 것과 부정적인 상황과
일, 사람, 모두에게 통용되는 말이다.

어쩌다가.
우연처럼 생각지 않게 그렇게…….

08
내게
가르침을 준
언니들

만날 때마다 나를 뒤돌아보게 하는 언니들이 있다.

순금 언니와 영숙 언니는 내가 오행 공부를 하면서 만난 20년이 넘게 보아 온 언니들이다. 또한, 내가 불자의 삶을 살아가도록 권면해 준 고마운 분들이다. 나이 70이 넘어도 배움에 대한 열망이 강하고, 즐기는 삶을 사는 것이 아니라 항상 누군가를 받들고 만족해하는 일상이 너무 보기 좋다.

내가 저토록 노력한다면 난 지금보다 훨씬 더 풍족한 삶을 누릴 수 있을 것을 안다. 그렇지만 근기가 달라서인지 맘대로 되지 않는 것이 사실이며 화와 짜증을 놓아 버린다는 것이 얼마나 어려운지 알기에 나는 때때로 시험에 들곤 한다.

공부도 마찬가지다. 아직은 언니들보다 젊고 그동안의 삶이 공부를 멀리하지 않은 삶이다 보니 훨씬 쉽게 접근할 수 있는 것도 사실이지만, 나는 언니들의 노력에 비해 턱없이 부족한 시간을 투자하여 많은 걸 얻다 보니 자만이 생겨 게으름을 많이 피운다.

특히나 순금 언니의 가족들에 대한 기도와 인내를 바탕으로 한 삶과 태도는 정말 존경스럽다. 두 번씩이나 큰 병을 앓은 남편분의 뒷바라지에 손자들을 건사하고 의상실까지 경영하며 직접 옷을 만들어 주변 지인들에게 선물을 하면서도 큰 불만을 들어 본 적이 거의 없고 인상을 찌푸리는 것을 본 적이 없는 것 같다.

내가 언니를 알고부터 지금까지 새벽 기도를 거르지 않으며, 사경 또한 열심히 하고, 인욕과 정진을 몸소 실천하는 것을 보며 생활 속에서 불자의 삶을 살아가는 언니의 모습에서 향기로움을 느낀다.

영숙 언니는 그 나이에도 상당히 박식하다. 여간해선 내 눈에 예뻐 보이는 글씨가 없는데 언니의 글씨체는 참으로 아름답다. 우리 부부는 언니가 필기해 놓은 노트를 보고 감탄하며 칭찬을 아끼지 않았다. 정치와 시사, 문화에 관련된 여러 가지 지식이 때론 나를 놀라게 할 때가 더러 있다. 사찰에서 생활을 많이 한 덕에 주변 스님들에게서 듣고 배운 삶의 지혜와 불자의 도량이 넓어 언니에게서 많이 배운다. 언니의 삶은 내가 본 여느 사람보다도 좀 더 어려운 것 같다. 보통의 아내, 엄마라면 일상을 살아 내는 것이 어려울 것 같은 상황을 잘 이겨 내고, 불자로서 삶을 묵묵히 수행하듯이 살아 내는 언니가 존경스럽다.

09

목욕탕에서 만난
그분

　한창 항암 치료 중이던 2년 전, 내가 담양에 있는 요양 병원에 입원해서 생활하고 있을 때의 일이다. 머리는 다 빠지고 근육은 소실되고 손등은 항암 주사 부작용으로 새까맣게 타서 각질이 벗겨지고……. 그럴 때도 나는 일주일에 한 번은 대중목욕탕을 찾았다.

　근교에 시설 좋은 온천이 있었기 때문인데, 어느 날 나는 수건으로 머리를 둘러쓰고 사람들이 비교적 없는 자리를 택해서 몸을 닦고 있을 때였다. 조용하고 다정한 목소리로 "등 좀 밀어 드릴까요?"라고 하는 소리에 쳐다보니 나이 지긋한 아주머니였다. 나는 "아니요, 괜찮습니다."라고 했지만 아주머니는 빼앗듯 때수건을 가져가서는 등뿐만 아니라 손까지 섬세하게 때를 밀어 주었다. 그리고 요양 병원에서 왔냐며 젊은데 빨리 쾌차하라며 고생이 많다고 위로의 말을 건네는데, 나의 뺨에서는 따뜻한 눈물이 흘러내리고 있었다.

　엄마의 손길과 속삭임인 것만 같았다. 부처님이 보내 주신 선물 같은 분을 만나서 신세를 졌지만, 어디 사는 분인지도 여쭙지 못하고 "감사합니다."라는 표현밖에 하지 못했다. 이후 짝꿍이 이 얘기를 듣고 너무나 안타까워하며 "나도 이제부터는 목욕탕에 가서 불편한 사람들을 보게 되면 등을 밀어 줘야겠다."라고 했다.

세상을 살아가다 보면 생면부지의 사람들에게 이렇듯 뜻하지 않은 도움을 받을 때도 있고, 손해를 볼 때도 있으니 이런 모든 것이 다 인연의 업보인가 싶다. 그렇지만, 이토록 내게 고마움의 눈물을 흘리게 만든 그 아주머니가 어디에선가 진정 건강하고 행복한 삶을 사실 수 있기를 간절히 바란다.

10

상담가의
기질을 가진
미선

사회복지학을 공부하면서 만난 한 명의 친구이자 동생이 있다.

인연이었던 것인지 그녀는 내가 근무하는 학교 근처에 살았고 내가 살고 있는 곳에서 가까운 무역 회사에서 근무했다. 내가 방학일 때나 근무가 끝나면 그녀는 우리 집에 가끔 놀러 오고 근처 맛집에서 맛난 음식도 사 주었다. 또한, 내가 학교에서 당직 근무를 서는 주말에는 학교 운동장을 넘어와서 내가 심심하지 않도록 말벗도 해 주면서 그렇게 교감을 나누었다. 야간에 사회복지학과 상담에 관한 공부를 하기 위해서 퇴근을 하고 나면, 우리는 같이 만나서 내 자동차를 타고 배움의 전당으로 가면서 어묵과 떡볶이 등으로 간단한 허기도 달래고 그렇게 많은 시간을 가졌다.

그녀의 장점은 어느 장소에서나 튀지 않고 모든 사람이 경계를 하지 않는 인상과 말투, 선한 눈매와 맑은 심성이다.

특별히 재미가 있거나 매력이 많은 것도 아니지만, 어느 것에나 지나침이 없이 그냥 그렇게 편안한 사람이었다.

그래서인지 언제인지 확실하지 않지만, 나는 그녀에게 나의 깊은 속마음을 모두 이야기했다. 그렇게 가깝게 정을 나누고 살던 어느 날, 그녀가 결혼을 하게 되고 그녀의 남편이 타 지역에서 교원 임용이 되면서 그녀는 내 곁을 멀리 떠나게 되었다. 나는 몹시 서운했다. 많은 사람이 내 곁에 있었지만, 모두가 내게 들어 주고 담아 주는 역할을 원했기 때문에 나도 그런 대상이 필요하기도 할 뿐만 아니라, 그녀와 나는 서로의 주제를 잘 알고 살아가는 것이 닮기도 한 것 같아서, 나이 차가 많이 났지만 친구처럼 편했던 것이다. 이제 그녀는 어느덧 두 아이의 어머니가 되었고 중학생, 고등학생의 학부모가 돼서 바쁜 것 같다. 멀리 이사는 갔지만, 일주일에 한두 번은 전화라도 해서 갖은 수다를 주고받게 하는 그녀의 정이 고맙고 기특하다.

내가 화가 나거나 속이 상할 때, 기분 좋은 일이 있을 때, 사심 없이 말할 수 있는 몇 안 되는 사람 중 하나가 그녀다. 그녀가 공부를 좀 더 해서 상담가가 되면 훌륭한 클라이언트의 조력자가 될 수 있을 것 같은데…….

잘 들어 주고 어떤 상황에서도 판단하지 않으며 맞장구로 화답하고 내 편처럼 대해 주는 그녀는 타고난 상담가다. 훌륭하고 아름다운 나의 친구! 너와 어쩌다가 인연이 되어 아버지가 직접 농사지은 것이라고 여름이면 곱고 예쁜 빛깔과 단내를 물씬 풍기는 복숭아, 가을이면 탐스러운 단감 등을 해마다 보내 줘서 고맙고 기쁜 마음으로 받아먹으며 지낸 세월이 벌써 강산이 몇 번 바뀌었는지 모를 만큼 곰삭은 인연으로 이어 가고 있구나.

11
상처 주는 너

너의 말에는 항상 가시가 있어
내 가슴과 영혼에 아픔과 상처를 남겨
쓰라리고 고개 숙인 내 자존이
너를 멀리하라고 해

또 다른 너는 세상에 당당함이 넘쳐
겸손과 배려를 알지 못해
부자처럼 보이지만 마음이 가난한
너를 보면 사람으로 인해 행복할 수 있는데
세상에 문을 잠근 채 보여지고 채워지는
물질에만 시선을 두고 있어

외로움과 고달픔이 항상 너의 어깨를
움츠리고 짓눌리게 해
너를 바라보는 나마저 우울한 마음 되어
어두운색으로 그려지는 삶이 될까 두려워.

12
기억하고 싶지 않은
그녀

별로 기억하고 싶지 않은 사람이 있다. 근데 가끔 생각나면서 사람은 자기도 모르게 누구에게라도 악영향을 끼칠 수 있다는 것을 알게 해 준 그녀.

오래전 같은 학교에 근무했던 그녀는 내가 몇 년을 근무하고 다시 재부임을 한 시기에 만난 사람이었는데 첫인상부터 나를 불편하게 했다. 깔끔하고 까칠한 내 성격에 맞지 않는 행동을 곧잘 했기 때문이었는데 그럼에도 원하든 원하지 않든 난 그녀와 많은 것을 주고받으면서 함께했다. 내가 그 학교를 그만두고 대학에서 강의를 하던 중에 시외에 있는 한 학교에서 교사를 모집하고 있으니 추천이나 홍보를 해 달라는 교사들의 말을 듣고 그녀에게 정보를 주었다. 얼마 후 그녀는 그곳에서 일하기 시작했고 지금까지 잘 근무하고 있는 것 같다. 그러면서 우리는 같이 근무했던 마음 착하고 부지런하고 내게 더없이 친절했던 선생님과 만나서 밥도 먹고 차도 마시는 시간을 가끔 갖게 되었다. 근데 매번 만날 때마다 늦는 것이 다반사라 나는 좀 짜증이 났다.

그러다가 내가 암 진단을 받은 해로 기억이 난다. 더위가 한창 기승을 부리던 삼복더위에 우리 집 근처에서 만남을 약속했는데, 출발을 하면서부터 계속 늦어진다는 연락을 다른 선생님에게서 들었다. 나는 이미 출발을 해서 가고 있었기 때문에 아쉬운 마음이 들었지만, 그냥 약속 장소에 도착해서 기다렸다. 기다리길 30분이 지나도 오지 않자 나는 다리도 아프고 하여 식당에 들어가 기다리기로 하고 자리를 잡았다. 식당은 몹시 분주하여 자리 잡고 앉은 내가 무안할 정도였다. 낯을 가리는 내 성격에 많은 사람이 힐끗거리는 시선이 부담스러웠고 너무 센 냉방기의 위력에 내 몸은 오싹해 소름이 돋았으며 머리가 지끈지끈 아파졌다.

기다림의 시간이 1시간이 넘고 두 시간이 가까워지자 도착했다는 연락을 받고 밖으로 나갔다. 정말 마음 같아서는 소리치고 막 화를 내고 싶었지만 꾹 참고 다시 식당에 들어와 주문한 음식이 나올 때쯤, 나는 뭐라 형용할 수 없는 울화와 두통으로 음식을 먹을 수 없다고 하고 버스를 타고 집으로 와 버렸다.

한동안 정신을 차릴 수 없을 만큼의 진통을 겪고 있을 때, 한 통의 전화를 받았고 그것이 그녀와의 마지막 만남이 되었다. 늦을 수도 있는 것이 약속이지만, 그렇게 많은 시간을 기다리게 할 것 같으면 사전에 뭐라고 분명한 이유를 말해야 하지 않을까 하는 생각이 들었고 지금도 생각나면 기분이 나빠진다. 천성이 착한 그녀임에도 나와 맞지 않다는 이유로 단순히 미워지는 마음이 생기는 내가 못마땅하다. 체온이 낮아지면 우리 몸속의 암세포가 활성화된다고 한다. 그때의 스트레스와 추위가 결정적 암세포를 키운 것 같아서일까?

시간이 많이 흐른 지금도 그녀를 기억하고 싶지 않다. 기억하고 싶지 않은 것을 지우개로 지워 버릴 수 있으면 참 좋으련만. 나의 뇌는 어찌 된 영문인지 내게 상처를 주고 아픔을 준 일이나 사람이 잘 잊히지 않는 나쁜 습성이 있다. 감사하고 은혜를 받은 사실 또한 잊지 않고 기억하고 있지만, 문득 생각나면 좋은 기분이 다소 저조해지는 때가 있으니 참으로 경계할 일이다.

13

피를 나누고
정을 나누는 사이

나는 5남매 중 막내로 태어났다.

원래는 내 위로 언니가 한 명 더 있다가 세상을 떠났고 기억할 수도 없는, 아니 내가 태어나기도 전에 세상을 떠난 형제가 한둘 더 있다고 들었다.

엄마와 아버지가 40을 훌쩍 넘기고 50이 다 되어 임신이 된 것도 모르고 계시다가 조금씩 배가 불러 오는 것을 알고 낙태를 하려고 했지만, 맘대로 되지 않아 어쩔 수 없이 낳은 것이 나다. 그래서 막 태어난 신생아를 윗목 한편에 싸 두고 초유도 먹이지 않은 채 방치해 두다가 울음소리에 거두게 되었다는 얘기를 듣고서 난 어릴 적 많이 울었었다. 나 자신이 너무나 불쌍했고, 이후 몸이 아프면 면역력이 부족한 이유가 엄마의 초유도 못 얻어먹은 게 원인인 것 같았다.

나는 어릴 적에 죽을 고비를 여러 차례 넘겼다. 깊은 샘물에 빠진 나를 아버지가 등에 상처를 남기면서 건져 올린 것은 확연히 기억에 남는다. 또 한 번은 화장실에 빠지기도 하고, 쥐약을 발라 놓은 사실을 모른 채 옆방에 세 들어 살던 친구와 멸치를 연탄불에 구워 먹고는 심한 구토를 해서 급하게 병원으로 옮겨져 겨우 살아난 기억도 나고……. 성격 급하신 아버지와 신병에 시달리던 엄마. 그래서 나는 나이 차가 많이 나는 오빠와 언니가 주로 돌보았던 것 같다.

큰언니가 목욕탕에도 데리고 다니고 큰오빠가 여행도 데리고 다니며 사진도 찍어 주고 오빠 취향으로 옷과 신발도 사 주었던 것 같다. 오빠는 나의 아버지 같은 존재이고, 언니는 나의 엄마 같은 존재였다. 어릴 적에 엄마가 늘 하시는 말이 있었다.

머리를 풀어서 짚신으로 삼을 만큼의 은공이 크다고…….

그렇게 성인이 되어 각자 결혼을 하면서부터 오빠와 언니는 더 이상 내게 큰 존재가 되지 못했다고 생각하고, 가끔은 서운함에 발길도 끊으며 그렇게 살았다.

작은언니는 내 기억에 확실히 희생정신이 남달랐던 기억이 난다. 본인이 좋은 것을 갖고 싶을 나이에도 나에게 많은 것을 먼저 해 주었으며, 결혼해서도 나는 언니에게 많은 도움을 받았다. 서울에서 유학할 때 갈 곳 없는 나는 언니 집에서 더부살이를 해야 했고, 나이 차이도 4년 남짓 나는 언니지만 때론 엄마처럼 돌봐 주기도 했었다. 언니의 천성이 부지런하고 깔끔하여 나는 은연중 언니로부터 많은 것을 배우고 느끼며 그렇게 살았다.

언니가 40대 후반에 위암 선고를 받았을 때 나는 많이 놀랐고 언니를 위해 나름 애를 썼다. 하지만, 언니는 그걸 기억하지 못하는 것 같았고 어느 날은 나의 정성도 무시한 채 심한 짜증의 소리를 낼 때부터, 나는 작은언니로부터 조금씩 거리를 두게 된 것 같다. 정이 많은 언니고, 그리울 때도 있지만…….

그리고 7년 정도 지난 후 내가 유방암 선고를 받았다. 언니의 말과 태도에서 나는 더 이상 예전의 정 많던 언니를 찾을 수 없게 되었다. 서로가 말할 수 없는 갈등과 서운함을 간직하면서 살아가고 있지만, 언니와의 관계가 언젠가는 더욱더 끈끈하게 이어질 날이 있으리라 생각하면서 그리움을 삭힌다. 세월이 흐르고 내가 암 투병을 겪고 나니 그때 언니가 짜증의 소리를 내었던 것이 이해되기도 한다. 내가 지금껏 세상을 살아오면서 병원에서 두 번의 수술을 했는데, 처음에도 그때도 큰언니는 내 옆에 있어 주었고 암 진단 후에는 정말 큰 힘이 되어 주었다.

"3기 말입니다. 조금만 더 늦었으면 수술도 못 하고 큰일 날 뻔했다."라고 하는 의사의 말에 눈물을 흘리던 언니가 있어서 그나마 조금의 위안이 되었고, 항암제 투여를 하려고 서울에 있는 병원에 다녀야 할 때도 바쁜 우리 짝꿍을 대신해 2번이나 동행했던 언니였다. 1차 항암 치료 때는 정말로 그 고통을 잊을 수가 없다. 고속버스를 타고 4시간 동안 내려오는 내내 구역감과 현기증을 억누르다가 터미널에 도착하자마자 화장실을 찾는 내게 언니는 "아가 저기 있다."라고 하면서 어딘가를 가리켰다. 볼일을 보고 손을 씻기 위해 세면대에서 서서 거울에 비친 나를 보았다. 얼굴빛이 누렇고 까만 게 나의 얼굴이 아닌 것만 같았다. 53세의 동생에게 아가 소리가 나올 만큼 위중하고 애처로움을 느꼈으리라. 건강한 것도 아니어서 늘 허리 통증으로 고생하는 언닌데, 언니 아픈 것은 뒷전으로 미루고 나를 위해 준 은혜를 잊을 수가 없다.

나는 형제 모두에게 나름의 사랑과 빚을 받았다. 큰오빠는 어려서부터 내게 가장 많은 도움을 주었고, 큰언니는 건강을 회복하는 데 도움을 주었으며, 작은언니는 내가 사회생활을 당당하게 할 수 있도록 보살펴 주었다. 지금도 주기보다는 받는 것이 많은 나의 형제들이다. 작은언니의 눈 건강이 심각해지자 이곳 광주 유명 안과에서 수술을 받게 되면서 다시 언니랑 소통의 시간을 갖게 되었다. 역시 언니는 과거의 언니처럼 내가 뭔가 필요하다거나 뭔가 없다고 하면 바로 공급해 주는 나에게는 그저 언니인 것을…….

받기만 하고 주는 것에 소홀한 나를 형제라고 챙겨 준 나의 형제들이 감사하다. 생각해 보면 특히나 작은오빠와는 교류 자체가 거의 없다 보니, 받기만 했을 뿐, 정을 나눌 기회도 없었던 것이 생각나서 미안한 마음이 드는 요즘이다.

14
걱정

내 삶에 지금처럼 충족한 적이 언제였던가?
나는 사실 욕심이 그리 많지 않음이 분명하다.
바라는 것도 많지 않고. 내가 보는 나는 그렇다.

나를 지켜 주고 사랑해 주는 내 짝꿍이 있고 잠자고 먹을 것, 입을 것 걱정 없이 조금씩은 아프지만 일상에 크게 지장이 없으면 되는 것이고.

가끔 고마움을 표현할 수 있으면 더욱 좋고…….
그런데 또 마음에 크게 걸리는 일이 생겼다.
올케가 대장암 진단을 받고 병원에 입원 중이다. 올케와 조카들이 마음에 걸려 가슴이 저리고 아프다. 평생을 아픔과 고통으로 살아가는 올케인 것 같다. 내게는 친정엄마와 같은 올케인데, 내가 딸 노릇을 해야 한다고 생각하면서도 마음처럼 하지 못한다. 매번 맛있는 김치와 된장, 고추장 등 맛있는 반찬을 만들어 주고 초대해서 밥을 해 주고 뭐 하나라도 더 해 주고 싶어 하는 그 마음을 알기에 더욱 미안하고 가슴이 아프다. 또한, 아직도 갖추고 채워야 할 것이 많은 조카들 마음이 상할 것을 생각하니 더 가슴이 아프다. 고통의 시간을 잘 버티고 나면 또 좋은 시간이 올 것을 기대하면서 힘내서 잘 투병하고 건강하게 생활할 수 있는 날이 빨리 오기를…….

내 삶을 떳떳하고 안락하게 만들어 준 당신이 있어 참 고마운데, 나는 왜 그 누구를 위한 삶을 살아 내지 못하고, 단지 연민하며 가슴만 아파하는가?

15

무더위와
뜻밖의 재난

기나긴 가뭄과 마른장마 기간이 지나고 요즈음 날씨는 몹시 덥다. 조금만 움직여도 얼굴과 등에서 땀이 물 흐르듯 난다.

지독한 눈병으로 한참 고생하고 있던 즈음, 큰조카의 화상 소식은 절망 같은 느낌으로 우리 가슴에 피멍을 안겨 주었다. 7월의 마지막 날 저녁에 전해 들은 큰조카의 화상 소식으로 올케와 언니, 나는 감정을 제대로 가눌 길이 없었다. 화상 전문 병원의 응급실에서 생사를 넘나들고 있을 조카를 생각하니 가슴이 아려 왔다. 이런 상황을 받아들여야 하는 올케를 생각하니 너무도 안쓰럽고 걱정이 되었지만, 나는 심한 눈병으로 눈이 많이 붓고 충혈, 통증으로 자유로운 일상이 어려운 상황이어서 이후 한참 동안 문병하러 갈 수가 없었다.

7월과 8월은 정말 두 번 다시 기억하고 싶지 않은 잔인한 달이었다. 시간이 흐르면서 조카의 모습을 사진을 통해서 보고 경과를 전해 들으면서 이만한 것에 그나마 감사하는 마음이다. 애초에 사고 소식이 없었더라면 더욱 좋았겠지만, 그나마 이만한 것에도 감사함으로 받아들인다. 어려서부터 너무도 총명하고 예뻐서 주변 모든 사람이 사랑하고 예뻐했던 조카다. 나의 중·고등학교 시절엔 사진만 보고도 친구들이 예쁘다고 학교에 한번 데리고 오라고 할 정도여서 자랑도 많이 했던 조카다. 나와는 10살 터울이어서 우리 부모님 사랑도 모두 조카가 받은 것으로 기억이 난다. 내가 결혼하기 훨씬 전, 조카는 고모가 결혼하지 않고 혼자 살면 엄마랑 고모는 내가 모시고 살겠다고 했던 말이 너무도 고마워서 난 그 말을 아직도 잊지 않고 고맙게 생각하고 있다.

우리 자매 모두 조카가 너무 여리고 착하기만 해서 항상 어린애처럼 생각하게 된다.

좋은 여자 만나서 사랑받고 귀하게 살 수 있기를 바라지만, 그 인연이 어디 있는지 지금도 조카는 혼자다. 47년 세월이 무심하다. 그러면서 조카는 또 나이를 더해 가겠지.

16
조카들

 내게는 9명의 친정 조카가 있다.

 위에서 언급한 큰조카는 우리 집의 사랑이며 보물과도 같은 어린 시절을 보내고 청장년 시기를 갈등과 시행착오로 많은 고생을 했다. 큰오빠의 장남이며 전체 조카 중 맏이다. 그래서인지 속이 깊고 차분하며 베풀 줄 아는 착한 성품을 지니고 있다. 둘째는 착하고 스스로 공부할 줄 알며, 어느 때는 동양화를 그려서 큰 상도 받아 와서 가족을 놀라게 한 적도 있었다. 음식 솜씨도 있어서 내가 암 투병할 때는 먹고 싶은 것을 만들어 보내 준 적도 있고, 가끔 몸보신을 시켜 준 적도 있고, 아들만 셋인 오빠 내외에게는 딸처럼 자상한 조카다.

 셋째는 갓난아기 때 나와 가장 많이 닮았다는 소리를 들어서인지 정이 많이 간다. 확실한 기억은 아니지만, 내가 고등학교 수학여행을 가던 무렵인 것 같다. 그때 당시 초등학생인 조카는 만 원짜리 지폐 하나를 내게 건네며 잘 다녀오라고 해서 나를 감동하게 했다. 어린 것이 무슨 돈이 있어 고모가 수학여행을 가는 데 보태 쓰라고 만 원을 준단 말인가? 정말 많이 놀랐고 고마웠다. 그때 당시 돈 만 원의 가치는 내게 큰 것이었다. 조카는 배짱과 포부가 커서 반드시 사업가가 될 것 같다는 내 예감은 적중했다.

셋째 조카에게 나는 빚진 느낌이 있다. 아버지 돌아가시던 날, 내가 심부름을 시켜서 교통사고가 났다. 팔을 크게 다쳐 뼈를 대신하는 쇳덩이를 몸에 넣고 다녀야 한다는 사실이 늘 미안하고 안쓰럽다. 그런 조카이지만, 평소에도 내가 아플 때도 맛난 것과 좋은 것을 가끔 선물해 주는 마음 씀씀이가 고마울 따름이다. 큰 배짱만큼 사업도 번창하기를 늘 마음속으로 지지한다. 작은오빠네 조카들과는 역시 교류가 거의 없다 보니 정을 나눌 기회도 없다.

큰언니네 조카는 두 명이다. 맏이인 남자 조카는 어느 날 성장하고 봤을 때부터 어색함이 없도록 만드는 사회성 좋은 성격을 가지고 있다. 내가 처음 병원에 입원해 있을 때도 우리 딸과의 만남에서 정 깊은 대화를 하는 것을 보고 내가 고마운 마음이 들 정도였으니까……. 여자 조카는 어려서부터 내게 많은 정을 주고 따뜻한 마음을 가진 조카로 기억한다.

언니에게는 더할 나위 없이 살뜰한 딸의 역할을 하지만, 요즘 젊은이들의 특성 또한 간직하고 있는 것 같다. 이 조카 역시 내가 아플 때 언니가 초대해서 음식을 준비하던 날, 닭고기를 직접 손으로 찢어서 내게 가져다주는 것을 보며 아직도 그 고마움과 감동을 잊지 못한다. 그렇게 소탈하게 음식을 손으로 먹거나 만지는 것을 본 적이 없고, 그렇게 썩 건강하지도 못한 조카인데, 아픈 나를 위하는 그 마음에 어찌 내가 감동하지 않을 수 있겠나? 하지만 그때도 이 이후에도 표현하지 못했다. 여자 조카가 딱 두 명이지만 한 명은 교류가 없으니, 내겐 정가는 조카가 분명하다.

작은언니는 아들 하나를 보물처럼 여기며 낳고 키웠다. 어려서 포동포동한 볼과 혀 짧은 소리로 하는 기도는 항상 나를 웃게 했다. 내가 서울 유학 시에 언니네 집에서 동거할 적에 같이 지낸 어린 시절의 조카는 똑똑하고 사물에 대한 호기심도 많은 사랑스러운 조카였다. 하지만, 성장하면서부터 왕래와 교류를 끊고 정을 나눈 기억이 별로 없다. 동생 같고 때론 친구 같은 조카들이 모두 내 마음속에 자리하고 있지만, 많은 지지를 줄 수 없음이 안타깝고 미안하다.

17
새로운 만남

사람들은 만남을 어찌 생각하는지 모르겠지만 각자의 성향과 생활 패턴에 따라 만나기도 했다가 쉽게 거리를 두기도 하고 떠나기도 하는 것 같다.

제법 많은 사람이 내 주변에 있었다.
어떤 스님은 나의 성향으로 보았을 때 주변에 사람이 많지 않을 것 같은데 주변에 사람이 많다고 했다. 나도 인정했다. 사람들이 나를 좋아하는 이유를 정확히 몰랐다.

세월이 흐름에 따라 고요히 떠나가는 이도 있고, 이유를 붙여가며 거리를 두는 사람도 생겨났다. 내가 전업주부와 암 환자가 된 것이 전과는 다른 상황이다. 지금은 내가 부러울 게 없을 만큼 사랑을 받고 살아가고 있고, 과거에는 살아 내기 위해 아등바등 공부해야 하고 가르쳐야 했기에 그때와는 다른 것이 분명하다.
내 삶이 편안해지면서 취미 생활을 하게 되고, 건강을 위해서 운동을 하게 되면서 만나게 되는 사람들이 제법 있지만 쉽게 정이 가지 않는다.
그러다가 서서히 내 가슴으로 들어오는 이가 있다.

언뜻 보기에도 그녀는 현모양처의 모양새다.

사상과 성향이 제법 나와 비슷해서 친해질 수 있을 것 같다.

배울 점도 많을 것 같고 무엇보다 부지런하고 깔끔함, 단정함이 나의 마음을 움직였다. 직접 농사지은 땅에서 거둔 상추를 차곡차곡 가지런하게 정리해서 하얀 비닐봉지에 담아 가져다주는 정성이 고마운데, 새로 나온 뭔가가 생기면 또 여지없이 그 정성을 받게 되는 일이 자꾸 생긴다.

18

사람의 마음

탁구장에서 만나 약 9개월가량 많은 시간을 함께하면서 정도 나누고 운동도 열심히 하면서 그렇게 가깝게 지낸 친구가 있었다. 나이는 나보다 아래였고 여자로서는 보기 드물게 건장한 체구를 가지고 있었다. 예의가 있어 보여서 가깝게 지내다 보니 마음을 주게 되었고 나의 속내도 많이 내보였다.

내가 그녀에게 빚을 진 것은 그녀가 늘 탁구장에 갈 때마다 내가 사는 아파트에 자동차로 나를 데리러 왔다는 것이다. 부담이 되었지만, 흔쾌히 아무렇지 않다는 듯 얘기하는 그녀의 태도에 나는 마음의 부담을 갖지 않으려 했다. 그래서 가끔 저렴한 식사지만 점심이라도 함께하려고 나름 신경을 쓰곤 했다. 탁구장에선 물론 그녀가 우선순위였으며 그녀에게 맞춰 가며 운동을 했다.

그녀는 자잘한 음식도 주곤 했다. 그것이 그녀의 정표라고 생각했다. 가끔 그녀의 표현과 행동에서 낯섦과 상처를 받았지만, 나 역시 그녀에게 완벽할 수 없기에 '사람은 다르니까.'라고 넘기곤 했다. 그동안의 내 주변인과는 조금 다르다는 것도 알고 있었지만, 좋아 보이는 부분이 있었기에 난 그녀와 오랫동안 함께할 것으로 믿고 있었다.

그러기에 그녀에게 많은 것을 주지는 못했다. 같이 할 수 있는 날이 많다고 생각했기 때문에, 내가 마음을 준 상대로부터 완벽한 타인으로 낙인이 찍힌 순간의 감정은 큰 상처였다.

3개월 전, 탁구장에서 좀 마음이 상하는 일이 있었고 나는 기분이 좋지 않았으며 억지로 참고 탁구를 하고 있었지만 우울한 날이었다. 약간의 땀을 흘리고 쉬고 있는 시간이 길어지다 보니 추위가 느껴졌고, 한기가 지속되자 견디기가 힘들었다. 그 순간 나는 따사로운 햇살과 집에 가는 생각뿐이었다. 그래서 가방을 메고 "나 먼저 갈게. 이따가 와~"라고 하면서 쌩하니 탁구장을 빠져나왔고 빠른 걸음으로 집까지 달려왔다.

다음 날, 약속된 시간에 그녀는 나타나지 않았고 전화도 받지 않았다. 레슨 시간이 가까워지자 나는 택시를 타고 급하게 탁구장으로 가서 그녀에게 다시 한번 전화를 했지만, 여전히 받지 않았고 잠시 후 메시지 벨이 울려 확인해 보니 그녀에게서 온 문자였다.

지금 막 주차장에 도착했고 앞으로는 각자 다니자는 내용이었다. 문자 내용을 확인하고 대화가 필요하다고 생각이 들어 주차장으로 가 보려고 문을 연 순간 그녀가 들어오더니 다짜고짜 큰소리로 여러 가지의 말을 했다. 젊은 코치가 옆에 있었는데 심하게 창피함이 몰려왔다. 코치도 한몫 거들었다. 자세한 상황도 모르면서 옆에서 거드는 사람도 미웠다.

그녀는 본인이 하고자 하는 말들을 뱉어 놓고는 레슨도 먼저 받고는 가 버렸다. 나는 변명이 필요했지만 그녀에게 변명 따윈 필요 없는 듯했다. 집에 와서 생각하니 더욱 마음이 가라앉고 머리가 심하게 아팠다. 그래서 그녀에게 전화와 문자, 카톡 등을 했지만 그녀는 무시했다. 나도 더 이상은 아니라는 생각이 들어 그만

해야겠다고 생각하고 그렇게 시간이 흘렀다. 예정된 여행을 다녀오고 일주일 정도 휴식 후 20여 일이 지나 다시 탁구장에 나갔다. 많은 것이 바뀌어 있었다. 그것도 예민한 나에겐 상처였다. 그녀의 얼굴을 보는 것이 불편했다. 자주 보이지도 않았고. 그녀의 근황이 궁금해서 코치에게 그녀에 대해 물었다. 몸이 아파서 못 나오고 있지만, 다음 주부터는 나올 것이라고 했다. 그렇게 시간이 지난 어느 날 그녀가 나타났다. 인사는 하지만 뭔가 어색한 기류가 흐르고 피하는 듯싶었다. 나는 더 이상은 아닌 듯싶어 그녀에게 차 한잔을 하자며 전화를 했다. 탁구장에서 만나 오후에 찻집을 향해 각자 갔다. 겉옷을 벗고 가방을 내리자 그녀가 가방 속에서 카드를 꺼내어 계산대로 향했다. 나도 얼른 카드를 가지고 내밀면서 "내가 낼게."라고 말하자 그녀는 한 잔만 자기 카드로 계산하라고 했다. 나는 몽둥이로 머리를 맞는 기분이 들었다. 세상 살면서 이런 경우는 또 처음이라 놀랐지만, 곧 적응하며 자리 잡고 앉았다.

그동안 내가 변명하고자 했던 얘기와 불편한 사실들에 대해 얘기하고 있는 도중에도 그녀는 또다시 날을 세운 한마디를 던졌다. "그래서 하고자 하는 요지가 뭐냐고요?" 본인은 전혀 불편하지 않은데, 내가 불편한 건 어쩔 수 없다는 것과 예전처럼 지내고 싶지 않다는 말을 확실히 하면서 대화하는 내내 날을 세운 말들로 나에게 상처를 주는 것이었다. 보통 사람들 상식의 범주를 벗어난 그녀의 행동에서 상처 아닌 상처를 받으며, 헤어지고 돌아오면서 많은 생각이 들었다. 보통의 사람들이라면 왜 먼저 그렇게 가 버렸냐며 서운하고 당황했으니 다음부터는 그러지 말아 달라고 했을 것 같은데……. 부처님이 나의 아만을 이렇게 벌주시나 하는 생각이 들었다.

　사람의 심리를 연구하고 상담을 하고 철학을 공부한들 무엇 할까? 사람의 마음을 대강 짐작할 수 있다고 자만했던 내가 너무도 부끄럽다. 끝없이 알 수 없는 것이 사람의 마음이지만 이렇게 상처받고, 짐작도 못 한 상황의 주인공이 내가 될 것이라고는 상상도 못 했다.

　사람은 모두가 달라서 기쁨을 느끼거나 웃음을 짓는 것도 각자 다르며 분노를 느낄 때도, 당황스러움도, 화남도, 각자 자기가 느끼는 강도가 달라서 대처하기 힘든 상황도 만들어진다는 것쯤은 익히 알고 있었다. 그리고 사람의 마음이란 언제 어떻게 표현될 줄 모르는 것도 알고 있었지만 난 진정 아는 것이 아니었다. 사람의 마음을…….

19

변하지 않는
아름다움

대학원에서 석사 과정을 공부하던 중 만난 그녀는 전공도 우리
와는 달랐다. 간호사인 그녀는 처음부터 나와는 그렇게 친한 사
이는 아니었지만, 처음 그녀에게 놀란 것은 동기 중 한 명이 친정
집에서 방울토마토 농사를 짓는데 같이 재미 삼아 수확하러 가자
고 해서 동참하는 길에서였다. 그녀는 아들 두 명을 데리고 왔는
데, 어린 두 아들이 엄마에게 깍듯한 존대어를 쓰는 것을 보고 놀
랐고 자동차 안에서도 책을 놓지 않고 의젓한 모습을 계속 보여
서 자식 교육에 성공한 듯해 부러웠다. 그 집에 도착해서 비닐하
우스에서 방울토마토를 수확하는 일은 생각보다 훨씬 힘들고 어
려운 일이었다. 난생처음 해 보는 일이었는데 재미있으리라 생각
했지만, 무덥고 허리와 다리까지 아파서 힘든 것이 먼저였다.

점심시간이 되어 주방에서도 아낌없이 자기 몸을 바치고 그 집
어머니와 격의 없이 편하게 대화하는 그녀의 모습이 아주 좋아
보였다. 이후 그녀와 대화하는 시간이 조금씩 생겼고, 내가 알고
있는 음양오행에 대해서도 관심을 보이며 공부하기를 원했고, 난
원하는 몇 명에게 내가 알고 있는 지식을 전해 주기로 했다. 무료
강좌도 아닌데 어느 날엔 고급 식당을 예약해 놓고 식사 대접을

받기도 했으며 지속적인 예우를 받았다. 식당에 들어서면 그녀는 항상 상석을 내게 양보했고 권했다. 나는 맘속으로 그녀의 섬세함에 놀라고 감사했다.

지금까지 한 번도 그녀에게 대우받지 않은 적이 없었던 것 같다. 또한, 내가 불교를 권면하고 유일하게 나보다 더 열심히 불자의 삶을 살아가며 기도를 놓치지 않는 것도 그녀다. 직장 생활에 두 아이의 엄마이자 한 남자의 아내로 살아가며 주변인을 살피면서도 기도 생활에 봉사까지 하는 그녀를 보면서 나는 가끔 위축된다. 많은 것을 가지고 있는 그녀가 부러울 때도 있었다. 깨끗하고 맑은 피부에 베풀 수 있는 경제력과 넉넉한 마음 씀씀이, 그리고 그녀의 아름다움. 한 가지 아쉬운 것이 조금 과한 체격으로 인한 스트레스가 좀 있는 것 같다. 그렇지만 나는 그녀의 토실하게 살이 찐 몸이 보기 좋다. 어느 때는 다이어트로 제법 체중을 줄인 적도 있었지만, 나는 그녀의 푸짐해 보이는 외모가 그녀를 그대로 보여 주는 것 같아서 무리한 다이어트 같은 것은 하지 않기를 바랐다. 나의 몸을 보며 부러운 듯 말하는 그녀지만, 그녀의 진정 담백하고 푸짐하며 넉넉한 성품의 그녀 외모가 내 눈엔 오히려 아름답다. 아름다움이란 각자 다른 모습으로 보여지고 그려지니까. 15년 전, 그녀가 약간의 불편함이 있을 때 내가 설악산 봉정암 산사 기도를 제안했고, 우린 사찰의 신도들과 1박 2일의 산사 기도를 떠났다. 운동이라고는 거의 하지 않던 내겐 설악산을 오르는 것이 참으로 힘들었다. 그녀의 무거운 체중도 힘들었을 것이다. 우리는 포기하지 않고 설악산 대청봉에 올랐다. 저녁부터 비가 부슬부슬 내리기 시작했다. 10월의 설악산은 추웠다. 추위와 비에도 아랑곳하지 않고 많은 사람이 기도처를 찾아 열심히 기도하는 모습을 보면서 많은 생각을 했다. 누가 하라고 강요한 것도 아니고 스스로 찾아와 이 고생하며 기도하는 저들의 마음속에는 무엇을 갈망하고 소원하는 것일까? 우리도 열심히 기도하여 다음 생엔 좀 더 아름다운 모습으로 태어나자며 그녀에게 약속 같은 말을 했다.

어려운 결정을 내려 나와 동행해 준 그녀가 고마웠다. 그녀를 만나면 소리 내어 웃게 되는 시간도 주어진다. 변함없는 아름다움을 보여 주는 그녀. 나를 위해, 내게 도움이 되는 일이 무엇일까를 항상 생각해 주는 그녀다. 이름마저 예쁜 그녀가 내게 연락이 없어 궁금하여 카톡이라도 하게 되면, 여지없이 만남을 제안하는 그녀는 내가 이 세상에서 공짜 밥을 가장 많이 얻어먹은 사람이다.

20

암이 내게 준
선물(들꽃 닮은 현희)

분홍색 달맞이꽃이 그리 예쁜지 나는 예전에는 몰랐다. 달맞이
꽃은 밤에 피는 꽃이라고만 알고 있었다. 작년 이맘때쯤 적당한
크기의 화분에 정성을 들여 대를 만들고 테두리로 감싸서 주렁주
렁 예쁘게 핀 꽃 화분 한 개와 작은 화분 두 개를 들고 우리 집에
찾아온 그녀는 내가 항암 치료와 수술을 끝내고 39번의 방사선
치료를 받기 위해 서울 요양 병원에 입원해서 알게 된 친구다.

전국의 사람들이 모이는 병원이지만 같은 광주 지역에 거주하는 사람을, 그것도 제법 맘에 드는 사람을 만나기가 쉽지는 않았는데 그녀는 순박하고 여린 모습으로 내게 다가왔다. 그때 당시 그녀는 항암과 방사선 치료를 동시에 받는 중이었다. 그래서 나보다 더 힘들 때인지라 그다지 정이 많다거나 호감을 주는 것은 아니었지만, 편안하고 조용하면서도 미소를 간직하고 있는 모습이 보기 좋았다. 우리는 그곳 병원에서는 그다지 교류가 많지 않았지만, 서로 퇴원을 하고 광주에 오게 되면서부터 연락을 하고 만나기 시작했다. 암 환자라는 공통의 아픔을 공유하면서 대화가 통한다는 느낌이랄까? 그녀는 암의 종류가 나와 달라서인지 탈모의 고통이 없어 풍성한 머리카락을 그대로 간직하고 있었고 나는 그녀가 부럽고 예뻤다.

　얼마 안 돼서 우리는 조용한 산사를 찾아 산책도 하고, 어렵지 않은 코스를 선택해서 등산도 하면서 정을 키워 갔다. 예쁘고 정갈한 식당이나 카페에 다녀오면 꼭 나를 데리고 그곳으로 안내해서 맛있는 식사 대접을 하고 분위기에 젖게 만들곤 했다. 그녀의 말에는 위트가 있고 가식이 없어 편한 마음으로 웃게 된다. 분위기가 화려하거나 생활하는 것이 정도에 지나치지 않아 언뜻 묻히기 쉬운 존재이지만, 소박하면서도 아름다운 매력을 지니고 있는 것이 흡사 그녀는 들꽃을 연상케 한다. 까다롭지 않으면서도 제자리에서 빛을 발하는 그녀가 꽃처럼 예쁘다. 암한테 받은 선물 같은 그녀다. 같이 어울렸던 다른 환우도 있었지만, 그녀는 벌이나 나비처럼 잠시 우리 곁에 머무는가 싶더니 소리도 없이 자신의 정체성을 숨기고 연락도 없는 것이 필요에 따라 사람과 관계를 형성해 가는 대부분의 사람을 보는 것 같아 씁쓸했다.

　들꽃 같은 그녀는 올해도 여전히 우리 집을 방문하면서 아기자기한 들꽃들을 가져왔다. 그 모습을 본 우리 집 짝꿍도 한마디 했다. 정서적으로 사람이 안정되어 좋아 보인다고.

　그녀가 요즈음 심취해서 배우고 있는 꽃차를 가져와서 우리 둘은 투명한 유리잔에 색과 향을 입히고 마시며 이야기꽃을 피웠다. 향기롭고 고운 색깔만큼 그녀의 삶이 빛나길 내심 기도해 본다.

21

너의 목소리

사석에선 언제나 목소리가 큰 너
대중 앞에 서면 목소리가 작아져

뭐가 그리도 알리고 싶은지
큰 소리로 주위를 집중시키는 너

다 함께 모여 고요함을 원할 때
목소리로 고요함을 깨뜨리는 너

다른 사람이 듣고 싶지 않아도
듣게 되는 너의 말소리

다른 사람이 듣고 싶은 이야기
너의 속삭이는 들리지 않는 말

상황에 따라 높낮이를 조절할 수 있는
너의 목소리가 그리워.

22

친구인 너,
친구 아닌 너

좋은 것 보면 함께하고 싶어지는 너
맛난 것 먹을 때면 함께하고 싶어지는 너

외롭거나 내 가슴 답답할 때 생각나게 하는 너
기쁘거나 내 가슴 충만할 때 생각나게 하는 너

필요에 따라 심심해지면 부르는 너
내가 아닌 내가 가진 것에 눈길 주는 너

나의 아픔을 재미 삼아 다른 이에 전하는 너
누군가의 빈자리를 채워 줄 대상으로 나를 찾는 너

너의 이름은 친구가 아니야.

23
어머님의
마지막 날

올해 우리 어머님은 91세가 되셨다. 몇 년 전 넘어지고 고관절 수술을 받고 나서부터 요양 병원이 편하다며 집을 떠나서 그곳에서 생활하시게 되었다. 자식들이 어머님 보살피느라 생업에 지장이 있을 것을 걱정하는 마음이 크셨던 어머님의 판단이었다. 평소에 건강하시던 어머님은 음식을 드실 때마다 맛나다는 표현을 많이 하시던 분이었다. 그렇게 잘 지내시나 했지만, 시간이 흐를수록 어머님의 식사량도 줄고 체구도 작아지는 것을 느꼈다. 몇 번의 면회를 가지 못하고 코로나19 사태가 커지면서 어머님을 뵙는 기회는 더욱 적어졌다. 자식이 8남매나 되다 보니 둘째 며느리인 나에게조차 면회를 할 수 있는 시간이 별로 없고, 약한 나를 배려하는 짝꿍의 의지도 가세했다. 그러다가 얼마 전부터 심한 허리 통증으로 또다시 수술을 받게 되면서부터 어머님은 기운을 놓으시게 된 것 같다. 어머님 곁에서 병시중을 가장 열심히 했던 아주버님과 막내 시누이는 무던한 시댁 식구들의 성격에다가 착함과 부지런함이 더해져 어머님을 잘 간호해 드렸지만, 어머님은 이 세상과 이별을 고하셨다. 어머님이 가장 힘든 시기에 나는 한 번도 면회를 가지 못했던 것이 가슴 아팠다.

어머님을 보내 드리는 과정을 지켜보면서 가장 슬퍼하고 애도하는 이 역시 막내 시누이였다.

내가 생각하기엔 미련 없이 어머님께 잘해 드린 것 같은데도 "더 잘해 드릴걸." 하면서 소리쳐 우는 그녀가 너무도 아름답고 부러웠다. 내가 아는 어머님은 똑똑하고 기예도 뛰어나셔서 늘 노랫가락을 놓지 않고 사셨던 것 같은데······. 삶과 죽음이 생활 속에서 이어지는 모습을 자주 보게 된다. 어머님의 싸늘해진 시신을 만지면서 회한의 눈물을 흘리고 왕생극락을 수없이 빌었다. 그리고 어머님의 몸을 빌려 이 세상에 나와 인연을 맺게 해 준 당신 아들을 건강하고 바르게 길러 주심에 고개 숙여 감사했다.

어머님이 이 세상과 영영 이별하여 땅으로 가시는 과정을 지켜보며, 사람은 생로병사에서 자유로울 수 없다는 것을 또다시 실감했다. 어머님의 장례를 치르면서 여러 가지 복잡하고 힘든 시간을 보내고 있을 때, 아들은 장례식장에서 홀로 서성이며 시간을 보내는 내가 신경이 쓰였는지 섬세한 배려로 나를 감동하게 하는 일도 있었다. 세상살이가 무엇이길래 울고 웃는가? 이 세상살이 얼마나 할 것인가?

어머님의 이 세상 마지막 인연들이 곱게 열매를 맺어 원결 없기를 진심으로 바라면서 49재를 건의하고 실행 중이다. 살아 있는 내가 그나마 마지막으로 할 수 있는 일이 있다는 것에 감사하다는 생각을 하면서······.

24

꽃향기에
빼앗긴 내 마음

꽃이 예쁜 줄은 알았지만
이렇게 향기까지 내어 주니
내 마음 다 가져가네.

사랑의 향기 타고
멋진 선물 주는 그대 있어

행복한 미소 머금어
예쁜 꽃에 코 가까이

빼앗긴 내 마음을
눈 감으며 다시 찾아오네.

제2장

당
신
과

나

바늘과 실이라고 하네요.

비 오는 날의 우산이라고 하네요.

식탁 위에 나란히 놓인 젓가락이라고 하네요.

01

감사한 당신

아침에 눈을 뜨면 사랑하는 내 사람은 나를 위해 윗옷을 벗고, 머리부터 발끝까지 마사지해서 혈액 순환이 잘 될 수 있는 상태를 만들어 준다. 매일 새벽이면 사우나에 다녀와 충분한 땀을 흘렸겠지만, 나를 위해 또다시 땀을 흘리는 수고를 아끼지 않는 그 사람이 고맙고 미안할 따름이다. 그러면서도 사랑받고 있음에 한없이 행복하고 뿌듯하게 느껴지는 걸 보면, 나는 아직도 성숙하지 못한 사랑을 하는 것만 같다. 받는 사랑에 취해 좋아하고 있으니. 전문가의 손놀림과는 차이가 있겠지만, 시간이 흐를수록 강도와 혈자리 등을 찾아서 마사지하는 손길이 놀랍도록 달라지고 있다. 또한, 그 사람의 손은 세상에서 가장 촉촉하고 부드러우며 섬세한 손이다. 사랑 가득 담은 치유의 손이다. 내게는 분명 그렇다.

건강하다고 생각하던 시절에 등 한 번만 눌러 달라고 하면 잘하지 못한다고 피하던 그가 아닌가! 얼마나 큰 변화인가? 이렇게 아파서 얻게 되는 것들이 있다. 내가 더욱 건강해지면 나는 그 사람을 위해서 더 많은 수고를 아끼지 않아야겠지 하면서 아까운 그 사람의 신체를 내 몸 회복하는 데 희생시키고 있으니 많이 미안하지만, 당분간은 이러한 호사를 누리고 싶다.

오늘 아침은 녹두죽을 준비했다. 어젯밤에 우리 집 짝꿍이 술을 드신 까닭에 해독을 위해서 오랜만에…….

일 년 넘게 사용하지 못한 놋그릇을 꺼내어서 반짝거리게 닦았다. 내 몸의 나쁜 기운을 씻기라도 하듯이 수세미로 빡빡 밀었더니, 깨끗하게 잘 닦여 적당한 광택을 내 주니 기분까지 개운하다. 놋그릇에 정성을 다한 녹두죽을 담고 대추로 예쁘게 고명도 올리고 하다 보니 아침상이 귀족의 상처럼 느껴졌다. 다른 이들은 무거워서 싫고, 닦기 귀찮아서 싫다는 그릇이지만 나는 유기그릇이 좋다. 보기에도 좋고, 건강에도 좋다고 하니 무거움이나 닦는 수고 정도는 해야 하지 않을까 싶다. 나는 본디 다른 사람에 비해서 유난히 예쁘고 독창적인 것을 좋아하는 면이 있다. 그래서 편한 것보다는 가치 있는 것이 좋고, 예쁘고 독특한 것이 좋다. 분명 좋은 것은 다루기가 쉽지 않고 까다로운 경향도 있다. 그릇도 그렇고 옷이며 장신구, 신발, 침구 등 모든 것이 그렇다. 그러나 사람만은 좋은 사람이 역시 편하고 귀하며 아름답다. 그러나 귀하니 소중하게 대해야지.

내 인생이 이토록 충만하기까지는 더 할 수 없이 아름다운 당신, 마음 착한 당신이 옆에 있기 때문이며, 나를 강아지처럼 예뻐해 주는 당신이 편한 모습으로 늘 내 곁에서 지켜 주기 때문에 나는 이렇게 편한 시간을 보낼 수가 있는 것이다.

감사합니다. 소중한 당신을 소중히 대하는 데 더욱 노력하겠습니다.

첫 마음

고운 마음으로 그대에게 다가가는
정성 다한 마음으로 그대에게 다가가는

설레는 마음으로 그대에게 다가가는
주고 싶은 마음으로 그대에게 다가가는

땀방울 맺히던 그 이마에
시원한 한 줄기 바람 되고픈 마음으로
상처 입은 그 가슴에 따스한 온정으로

아무것도 바람 없이 그저 그대로
함께하고픈 마음 가득함이

내가 그대에게 가려 했던 첫 마음입니다.
그렇습니다. 첫 마음으로 늘 그대를 맞이하고픈 마음
첫 마음입니다.

03

손을 씻는다

일어나서부터 셀 수 없이 손을 씻는다.

어려서부터 결벽증에 가깝게 스스로 깔끔했던 나, 손을 씻지 않고 음식을 주는 이는 반갑지 않다. 모두가 좋아하는 돈을 만지고도 꼭 손을 씻은 후에야 음식을 먹고, 내 물건이 다른 사람의 손을 거치는 게 싫다.

하얗고 포동포동해서 어려서부터 손 예쁘다는 소리를 수없이 들었지만, 그 손으로 나 아닌 타인을 위해서 무엇을 얼마나 해 준 일이 없다. 다른 사람 손을 고생시킨 손이라며 노골적으로 내 손의 고움에 질타를 던진 이도 있었다. 항암 치료 부작용으로 손등에 화상 자국이 있지만 서서히 옅어지고 있다. 화려하거나 고운 색깔의 손톱 단장이나 긴 손톱을 싫어한다.

수없이 많은 삶의 순간 속에서 나는 나를 지키기 위한 나름의 예방법에 최선을 다하고 있다. 신종 전염병이 나돌 때 매스컴을 보고 난 후에야 나의 행동들에 대해서 이해하고 따라 하는 주변인. 손을 씻는 것은 나의 일상이며 나의 삶이다.

마음을 씻는다

내가 나를 귀하게 여겨 달라는 듯 타인에게 자랑하듯, 나의 지난 시간을 이야기하고 다른 사람을 험담하는 소리를 내뱉는 시간이 늘어간다. 나의 장점이라 할 수 있는, 없는 장소에서 다른 사람의 허물이나 비밀을 얘기하지 않는 좋은 습성이 어디로 갔을까?

口業이 늘어간다. 수리수리 마하수리 수수리 사바하…….

淨口業 眞言을 마음속으로 몇 번씩 읊조린다. 타인들이 내게 다른 이의 허물을 욕하고 흉을 볼 때도 마찬가지다. 인간이 이 세상에 존재하면서 가장 많은 죄를 범하는 것이 입으로 짓는 죄라고 한다. 그래서 불경 가운데 하나인 천수경의 첫 번째가 정구업 진언으로 시작된다. 살생한 죄, 남의 물건 훔친 죄, 사음한 죄, 거짓말한 죄, 꾸며 대며 말한 죄, 이간질한 죄, 탐낸 죄, 성낸 죄, 어리석어 지은 죄, 이 중에 하나라도 해당하지 않는 것이 있는가? 알게 모르게 지은 모든 죄를 참회하면서도 나는 또 어느새 죄를 짓고는 한다. 그나마 입으로 짓는 죄는 타인에 비하면 조금 적게 지은 것 같았는데, 그나마도 요즈음은 잘못하고 있는 것만 같다. 더불어 참회진언도 무수히 읊조려 본다. 옴 살바못쟈 모지 사다야 사바하……. 몸의 때는 주기적으로 씻어내면서 가끔은 마음의 때를 씻는 것을 잊어버리고 생활할 때가 있다. 부처님 경전과 자연이 나의 마음의 때를 씻는다.

바라는 것과 계획

죽음이 두렵지 않고 삶에 그다지 미련도 없다고 항상 말하던 내가 가끔 맘속으로 더도 말고 덜도 말고 지금처럼 20년만 더 살 수 있어도 좋겠다고 기도하듯 바란다. 무엇이 이 세상에 미련을 갖게 하였는가? 죽을 즈음엔 모든 걸 미련 없이 놓을 수 있어야 할 텐데…….

아침에 잠자리에서 일어나도 어딘가 불편하고 아프며 몸의 이곳 저곳이 쑤시고 안 아픈 곳이 별로 없는 것 같아서 때론 '이대로 죽어 버리면 편할 텐데.'라고 생각할 때도 있지만, 그것도 잠시고 지금 나는 이 세상에 애착이 더 많은 것 같다. 건강해지려고 나름의 노력을 많이 함에도 자꾸 여러 곳이 불편하다 보면, 또다시 암이 아닌가 하는 두려움이 몰려올 때가 많다. 그렇지만 난 우울해하지는 않는다. 내가 회갑을 맞이하기 전에 나의 인생에 재미와 유익, 불편함 등으로 나에게 영향을 미친 사람들과 일상에 대해 회고할 생각이며 글로 정리를 할 생각이다. 그런데 예전처럼 책상에 앉는 시간이 줄어들면서 그도 쉽지가 않다. 글을 쓴다는 것이 나 자신을 인식하고 타인을 이해한다는 것인데, 올바르게 되지 않고 나의 진정한 자아를 왜곡하지는 않을까 하는 생각마저 자꾸 드는 요즈음이다. 나 자신을 알아 간다고 하는 것은 어떠한 변화의 시작일지도 모르겠다. 내가 바라는 것과 계획이 일치되는 삶이 되고 싶다.

06

57번째 생일 선물

엊그제는 내가 57번째 맞는 생일이었다.

"내 생일을 잊지 않고 기억해 주는 사람이 이 세상에 몇이나 될까?" 갑자기 철이 들어 버린 우리 아들과 딸의 메시지와 전화는 고맙고 미안하다. 까다롭고 정이 부족한 내 곁에서 엇나가지 않고 곱고 반듯하게 잘 자라준 것이 감사할 따름이다. 예전 같으면 가끔 받아 봤던 꽃다발 선물을 받아 본 지 꽤 된 것 같다. 2~3일이면 시들어 버리는 꽃다발이 아까워 차라리 오래 두고 볼 수 있는 화분을 선호해서 몇 년 전부터는 짝꿍에게 그걸 사 달라고 주문했었다. 그런데 화분을 돌보는 게 신경이 쓰여서 그마저도 이젠 귀찮게 느껴진다며 사양을 했다가, 꽃다발 선물을 은근히 받고 싶음을 메시지로 표현했다. 학교에서 근무하던 시절에는 스승의 날 사은회 또는 행사가 있는 날이면 쉽게 받아 볼 수 있던 꽃다발이라 그다지 좋은 것도 몰랐던 것 같다. 그렇게 생활을 하다 보니 내 삶이 좀 재미없이 느껴지기도 하고, 이벤트가 필요할 것 같기도 하여 꽃다발을 받고 보니 역시나 기분은 좋다. 오랜만에 크리스털 화병을 찾아 꽃을 꽂고 식탁 한쪽에 두고 보니 은은한 꽃향기와 색색이 화려하게 핀 꽃들이 주는 아름다움에 행복하다. 집 안 곳곳에 피어난 꽃들의 자태와 향기를 모두에게 보내고 싶다.

07

우울한 하루

아침에 일어나서부터 뭔가 몸에서 일어나는 부조화가 느껴졌다. 속이 메스껍고 약간의 두통과 음식이 당기지 않으면서 말조차 하기 싫은 것이 그냥 침대로 가서 눕고 싶었지만, 식탁에 아침 메뉴를 하나씩 준비해서 올려놓고는 나의 안락의자에 눈을 감고 잠시 그렇게 앉아 있었다. 그러는 사이에 짝꿍은 사우나에서 돌아왔고 나에게 잠을 자냐면서 한마디를 던지고는 늘 그랬듯이 식탁에서 한 가지씩 음식을 입에 가져가며 말없이 식사를 마쳤다. 내게 왜 먹지 않느냐는 말 한마디 없이…….

나는 짝꿍의 식사가 끝나자마자 식탁의 불을 끄고 침대로 가서 내 몸을 던지듯이 엎어졌다. 출근 준비를 하면서 옷을 고르는 짝꿍을 보고 한마디 추천해 주고 싶었지만, 그마저도 말이 나오지 않았다. 그렇게 짝꿍은 내게 출근한다는 인사도 없이 나가 버렸다.

8개월 정도 크게 탈 없이 지내 온 내 몸이 하루 이틀 전부터 소화 장애가 살짝 느껴지더니 결국 오늘 아침 최고의 컨디션 난조를 보인 것이다. 그동안의 나를 그렇게 모를까? 아무 때나 잠을 자지 못하며, 어느 곳에나 드러눕지 않는 내가 그리고 아침 식사를 하지 않고 있으면 왜 먹지 않느냐고 한 번은 물어볼 법도 하고 어디가 불편하냐고 물어볼 법도 하건만 말 한마디도 없이 나간 그에게 몹시 서운함과 섭섭한 마음이 들었다. 10시가 넘어서야 견딜 수 없는 속마음에 위안이 필요하여 그에게 간단한 문자 메시지를 보냈고 답이 왔다. 하지만 오히려 그가 서운했다는 답에 나는 더 이상의 대화가 안 되겠다 싶어 그것으로 끝내고 힘을 내어 과일과 간단한 음료를 먹으며 애를 썼다. 그리고 탁구장에 가야 하는 시간이 다가오자 이렇게 갈 수는 없겠다 싶어서 정말로 밥 한 숟가락을 고추 조림장과 참기름 한 방울을 넣어서 비벼 먹고는 약속한 시각에 친구와 만나서 탁구장에 갔다. 힘도 없고 기분도 안 좋아서인지 탁구도 치기 싫었다. 그런데 상수가 쉬고 있는 걸 보고는 친구가 어서 나가서 같이 하라고 채근을 해서 기회가 주어질 때 같이 하자 싶었으나 나가서 몇 번 공이 오가도 오늘은 안 되는구나 싶은 생각이 들었다. 역시나 계속 실수투성이고 제대로 공격이 나오지 않으며 스윙도 제대로 되지 않는다고 스스로 생각하고 있는데, 상대편에서 자꾸 지적을 하니까 더욱더 힘들었다. 게다가 다른 사람을 불러서 비교까지 하니 자존심이 상하고 울화가 치밀었다. 어제는 탁구장에서 실력 있는 고수가 나를 왕따를 시키며 내 자존심을 상하게 해서 참느라 힘들었는데 오늘은 또…….

나는 그만하자며 고개를 숙이고 친구에게 집에 가자고 하면서 탁구장을 빠져나왔다. 몸과 마음에 상처가 심한 날이었다. 울음이 나오려는 것을 억지로 참느라 애썼다. 오후 늦게 그에게서 전화를 받았다. 천진하게 "나는 잘 모르니까~" 투정하듯이 몇 마디를 하는 나의 울먹임에 안쓰러워하는 그에게 더 이상의 말은 필요하지 않은 것 같았다.

우울한 하루였다. 이렇게 하루를 마감할 수 없어서, 정신적 교감과 교훈을 주는 언니들과 약속을 하여 저녁을 먹고 차를 마시며 마음공부를 하고 돌아왔다. 다행히 트림과 매스꺼움이 어느 정도 가라앉고 있다. 우울한 하루였지만, 내게 힘이 되고 정신적 교감을 나눌 수 있는 이들이 있어 나는 행복하다. 또한, 하루의 마무리를 가슴 따뜻하게 보낼 수 있어 이 또한 감사하지 않을 수 없다.

배탈

10여 일이 넘는 동안 배탈과 소화 불량이 계속되었다.

너무 심한 설사를 하고 먹지를 못하니 온몸에 힘이 하나도 주어지지 않았다. 묽은 죽을 끓여 먹어도 소화되지 못하고 바로 설사를 하는 시간이 계속되어 병원을 찾았다. 처방된 약을 먹고도 쉽게 호전되지 못했다.

얼마 전 건강 검진을 했을 때는 결과가 좋았다. 초음파와 내시경 검사도 이상이 없었고 콜레스테롤 수치며 중성 지방 수치도 낮아 의사도 관리를 잘했다며 칭찬을 했고, 나 역시 뿌듯함이 느껴져 기분이 좋았다. 건강한 사람처럼 느껴졌고 면역력도 좋은 것만 같아서 스스로에게도 칭찬했다. 아침 식사부터 몸에 좋다는 식품을 골고루 섭취하려 애썼다.

일어나자마자 입을 헹구고 손을 씻고, 물 한 컵을 마시며 사과 반쪽에 토마토와 제철 과일 한두 조각, 고구마와 바나나, 비트에 우유를 넣고 갈아서 카카오닙스를 올리고 아몬드를 얇게 슬라이스를 해서 넣고 계핏가루를 뿌려 한 잔 마시고 계란프라이에 양파 슬라이스를 한 것, 애호박, 가지, 버섯이나 통밀빵 한 조각을 먹거나 그날의 상황에 따라 조금씩 변화를 주면서 점심은 외식도 하고, 저녁엔 양배추 샐러드에 색색의 파프리카를 넣고 브로콜리와 견과류 약간, 요거트, 천연 식초 한 방울, 매실액 한두 방울 섞어서 밥 먹기 전에 한 접시를 짝꿍과 사이좋게 나눠 먹곤 했다. 그래서인지 건강한 느낌이 들어서 우리 부부는 나름 신경을 쓴 식단이 효과를 보고 있다고 생각해 왔는데, 김장 김치에 들어간 생굴이 노로바이러스의 원인이 되어 탈을 일으킨 것 같다고 의사는 말했다. 그렇게 소화 불량 증세도 동반한 상태였는데, 광양에서 작은 언니의 회갑 기념일이라고 오랜만에 만나서 숯불구이 몇 점을 먹은 것이 이렇게까지 오랫동안 고생을 하게 된 것이다. 먹고 싶은 것이 있다는 것이 얼마나 행복한 것인지 다시 한번 느꼈다. 못 먹은 상태에서도 운동은 계속했다. 보름이 지나고 나서부터 서서히 뭔가를 먹을 수 있게 되고 조금씩 힘도 생겨났다.

올케와 언니에게 그냥 김장 김치를 얻어먹고 정담을 나눈 지도 오래되어서 짝꿍에게 부탁해서 오랜만에 보성다비치콘도의 해수 녹차탕을 찾았다. 탕에 들어가기 전, 체중계에 올라갔다. 깜짝 놀랐다. 여간해서는 빠지지 않는 나의 체중이 2킬로 이상 빠졌기 때문이다. 내가 봐도 눈이 들어가고 팔이 가늘어지는 느낌을 받아서 좀 짠해 보이긴 했지만, 실제 체중 감소를 확인하고 나니 정말 고생했구나 싶었다. 살면서 배탈이야 한두 번씩 하게 되는 것이지만 이렇게 심한 적은 처음이었다.

올해 2017년에는 경험하지 않아도 될 심한 눈병과 배탈로 고생했지만 이만하게 넘어갈 수 있음에 감사한다.

짝꿍이 나와 같이 탁구장에 등록해서 땀을 흘리며 운동을 열심히 하게 되었다. 나날이 실력이 향상되는 모습을 보며 내가 기쁘다.

탁구장에서 있었던 불미스러운 일로 근처 큰 탁구장을 겸해 다니고 있다. 덕분에 좋은 사람들도 만나고, 힘들었지만 좋은 결과로 남게 되어 다행이고, 모든 것이 다 좋을 수 없고 다 나쁘지도 않다는 것을 다시 한번 느끼는 계기가 되었다. 한 해를 마무리하면서 모든 것에 감사하는 마음이다.

09

뜻밖의 선물

깊은 밤도 아니었다. 현관문이 열리고 중문의 유리창으로 탐스러운 꽃다발이 보이더니 그이가 들어왔다. 친구와 술 한잔을 한다기에 어느 정도 시간이 흘러야 귀가할 것으로 알고 있었는데, 7시가 조금 넘어 귀가한 것도 반가운데 그의 손에 들려 있는 커다란 꽃다발은 나를 더욱 깜짝 놀라게 했다. 나는 자리에서 일어나 그를 반기며 웬 꽃다발이냐며 물었다. 오는 길에 화원이 보여서 예쁜 복실 강아지에게 주고 싶어 사 왔다는 것이다. 특별한 날도 아닌 오늘 밤에 그에게서 받은 꽃다발 속에서 나는 향기로운 행복을 받았다. 이렇듯 감성이 넘치고 멋을 아는 당신을 어쩌다 내가 만나 이런 행복을 맛보는가 싶어 감사가 절로 났다.

오늘은 불교 공부를 했던 친구들과 모임이 있어 점심을 같이 먹고 많은 얘기를 나눴다. 그러면서 부부 사이에 같이 누리는 공감대와 시간, 감정들에 대해서 얘기를 나누면서도 나는 단연 충만한 관계 속에서 행복 지수가 높다고 판단했다. 모든 것이 다 좋을 수는 없지만, 우리 부부는 서로에게 최선을 다하려 하고 그 어떤 순간이나 상대가 보지 않는 곳에서도 서로 양심에 어긋나거나 기분 나쁠 수 있는 행동을 하지 않을 것이며 할 수 있는 한 상대가 원하는 것은 들어주려고 노력하는 것 같다. 늘 생각하는 것이지만 사람이건 물건이건 좋은 것일수록 관리가 어렵다고 생각한다. 좋은 만큼 함부로 대할 수 없어 항상 그만큼의 대가를 치르면서 정성을 다해 시간을 투자하고 마음을 다해야 하는 것이라고……. 언뜻 보면 평범하고 순해 보이는 그이지만, 내가 아는 그는 상당히 까다롭고 자기만의 내면에 있는 지성, 인격, 품격에 조금이라도 어긋나는 일은 하고 싶어 하지 않으며 냉정한 순간도 있다고 생각한다. 따뜻한 가슴과 상당한 인격을 갖춘 그이지만…….

   얼마 전에는 술에 취해 수공예 팔찌를 사 온 적도 있고 양말을 사 온 적도 있었다. 술집에서 알바로 판매하는 학생한테서 사 왔고 피부색이 다른 외국인한테서도 사 왔다고 했다. 굳이 필요한 것도 아닌데 사는 그의 심리는 그 물건을 파는 사람에게 잠시나마 기쁨을 주기 위한 것이라고 했다. 동감했고 이해가 되었으며 그의 작은 행동에 나도 감사한 마음이 들었다. 특히 수공예 팔찌는 색깔별로 사 와서 내가 반팔 탁구복을 입을 때마다 맞춰 가며 착용하고 나간다. 약간의 취기가 있을 때 그는 더욱더 감성적이 되어서 내가 듣고 싶은 표현도 더욱 잘하고 뜻밖의 선물도 할 때가 많다. 나는 그의 행동에 거짓이 있다고 생각되지 않기 때문에 진심으로 받아들이고 기뻐하며 응대한다. 오늘 낮에 있던 모임에서 친구들에게 얘기했지만 그들은 단호히 반박했다. 취중의 언행은 진심이 아니며 귀찮은 행동의 일부라고 생각하는 그들의 강력한 표현에 약간 마음이 다쳤다. 모두가 다 똑같은 것이 아님을 그들은 모를까? 확인이라도 하듯 오늘 밤 뜻밖의 꽃다발 선물로 나를 행복하게 해 준 당신, 감사합니다.

10
취중 편지

아침에 눈을 뜨고 방문을 열었다.
방문 앞에 단정히 놓인 편지가 보였다.
깜짝 놀라 집어 들고 무엇인가 살폈다.
My sweet lady. I love you forever ever, ever. ☺
몇 자 안 되는 간단한 글이지만
나를 미소 짓게 하고 행복하게 하는
당신의 선물 참으로 고맙습니다.
어젯밤 술에 취해 늦은 귀가에도 불구하고
취중 필기체로 멋지게 써 준 한 줄의 편지는
당신을 더욱 사랑하게 만드는 당신의 재치입니다.

11

유난히
예쁘게 물든
단풍

올가을의 풍경은 어디를 가더라도 모두가 아름답게 보인다. 형형색색으로 곱게 물든 단풍이 너무 예뻐서 감탄사가 절로 난다. 광주 인근의 무등산과 부안의 내소사, 고창 문수사를 다녀왔다. 올해는 선운사와 강천사, 백양사의 유명세를 피해서 다녀왔다. 불타는 듯한 붉은 기운과 상사화 군락을 멀리서 바라보는 느낌의 무등산 단풍과는 달리, 문수사의 단풍은 동양화를 보는 듯한 느낌과 하늘 위로 바라보는 단풍이 별을 닮아 반짝이는 느낌이었다. 정말로 작은 것이 아기단풍의 모습이었다. 수령이 100년에서 400년은 된 고목에서 풍기는 자태가 너무도 아름답게 느껴졌다. 내년에는 좀 더 빠른 시기를 선택해서 가 보고 싶었다.

문득 머릿속에 지나치는 생각이 있다.

봄이면 현란하게 피어나는 꽃들이 아름답다고 하며 꽃구경을 하러 가는데 가을에도 사람들은 곱게 물든 단풍 구경을 하러 간다. 자연은 나름 아름다운 모습을 바꿔 가며 사람들을 기쁘게도 하고 외롭게도 하고 황홀하게도 하는 것 같은데, 인간은 유독 젊음이 가면 아름다운 모습이 없는 것처럼 생각들을 한다. 거울을 보며 나의 모습을 확인하는 순간이면 난 확실하게 느낀다. 탄력을 잃은 피부와 주름, 스타일이 나지 않는 모발을 볼 때 우울함이 밀려오는 것은 어쩔 수가 없다. 하지만 오랫동안 우울함에 빠져들지는 않으려고 한다.

봄이면 예쁜 꽃을 피우고 가을이면 바람에도 끄떡없이 오랫동안 가을을 알리는 단풍. 노랑, 주황과 빨강 그리고 갈색의 잎들이 사람 마음을 사로잡지만 고운 색이 들기도 전에 낙엽이 되기도 하고 타 버리듯 추한 모습으로 변해 버린 잎들도 많다.

그렇다면 나의 모습은 어떤가?

봄에 피는 꽃만 아름다운 것이 아니고 가을의 단풍도 꽃 못지않은 아름다움으로 사람들을 매혹하는데, 나는 저 자연의 단풍들 모습 가운데 어떤 모양의 단풍일까를 생각해 보았다.

결코 아름답지 못한 단풍잎의 모습을 보이는 것만 같아 짝꿍에게 얘기했다. 하지만, 역시나 당신은 가장 아름다운 단풍이라고 말해 주는 그에게 감사하다.

예쁘게 물들어 가는 나의 인생을 그와 함께 오랫동안 만들어 가리라고 마음속 다짐을 해 본다.

12
타인으로
인정한다는 것

상대방의 생각과 내 생각이 사뭇 다른 경우에 나는 말이 하고 싶지 않다.

다름을 인정하지만, 누구의 생각이 옳고 그름을 따질 필요도 없다. 단지 상대는 어느 부분이 마음에 내키지 않으며 행동에 옮기고 싶지 않을 뿐이다. 하지만 나는 좀 섭섭하다. 힘든 일도 아니고 어려운 것도 아닌데 굳이 싫은 내색을 하는 상대가 좀 이해가 안 된다. 단순한 왕래나 수고면 해결될 일인데, 그는 냉정한 표정으로 나를 난감하게 만들 때가 더러 있다.

성장 과정이 달라서인가? 가끔 그에게서 타인을 읽는다. 사람의 성격과 관심은 타고나는 것이기 때문에 가르치거나 강요해서 되는 것이 아니다. 자신의 업연에 의해서 부모의 유전자를 물려받기도 하지만, 대게는 타고난 습성에 의해서 삶의 방향이 결정되는 것 같다. 나는 몇 번의 환생을 거쳐서 이 세상에 왔을까?

음악과 아름다운 것에 매료되고, 부처님 법에 눈물을 흘리고, 비겁함에 분노가 치밀어 오르고, 반듯함에 고개를 숙이게 되며, 따뜻한 정겨움에 미소 짓게 되는 나는 선함도 행하지 못하고 악함도 행하지 않으려 한다. 그러나 마음대로 되지 않는 것이 삶인지라 나도 모르게 수없이 행해지는 선함이 없는 행위가 때론 마음에 걸림이 된다.

지금 내가 사는 세상에서 나를 가장 많이 사랑하고 예뻐한다고 그는 자신 있게 말하곤 한다. 나도 인정한다. 나 또한 그를 이 세상에서 가장 많이 사랑하고 귀하게 여기며 예뻐한다. 서로를 사랑하고 귀하게 여기지만 때론 다름을 인정해야만 할 때가 있다. 나이 60에도 우리 부부처럼 아기자기하게 살아가는 모습의 부부를 찾기가 그리 쉽지 않은 것도 안다.

하지만, 나 이외의 모든 사람이 타인이라는 것을 명심하고 타인에게 기대하는 것을 버려야만 내 삶이 더 평안해질 것 같다. 인정하자. 모두가 타인이라는 것을.

13
마음대로
되지 않는 나

언뜻언뜻 거울에서 보여지는 내 얼굴을 마주하게 되면 세월의 무상함을 느낀다. 듬성듬성한 모발에 흰머리는 늘어나고 탄력 없는 피부에, 깊어지는 주름과 지저분한 잡티들. 내려다보면 열심히 운동하며 신경을 쓰는 식이 요법과는 상관없이 볼록한 아랫배가 보이고…….

불편할 성노로 아픈 곳은 늘어나며, 관리를 조금만 소홀히 했다 싶으면 여지없이 나타나는 증상들에 난감함이 계속되는 삶이다.

태어나면서부터 울음으로 시작하는 인생이라지만, 가슴 먹먹한 순간을 수없이 맞이하고 눈물을 닦아 가며 때론 웃기도 하고 좋아도 하면서 그렇게 살다 보니 내 나이 육십이 몇 개월 남지 않았다. 이런 나의 모습을 매일 대하는 나의 짝꿍에게 순간 미안한 생각이 들었다. 참으로 못나 보이는 나의 모습에 한마디를 했지만, 그런 말은 하지 말라며 제일 예쁘다고 안아 주는……. 그런 걸 보면 그도 거짓말을 못하는 사람은 아닌가 보다. 그렇지만 말이라도 그렇게 해 주는 그에게 감사하다.

사회 활동도 끊은 지 오래고, 배우고 나를 닦아 보려 애썼던 것도 오래전이다. 단지 하루하루를 건강하게 보내고 싶다는 생각으로 시작한 탁구가 요즘 내게 있어선 가장 많은 시간을 할애하고 신경을 쓰는 것이다. 내가 뭘 배우면서 못한다는 생각을 해 본 적이 거의 없었지만, 쉽게 생각했던 탁구는 어려운 운동이며 생각만큼 빠른 성장도 하지 못하는, 지구력과 열정을 필요로 하는 운동임이 분명하다. 테크닉은 하나둘 늘어 가는 것도 같은데, 발은 제자리에서 쉽게 떨어질 줄 모르고 가만히 라켓을 들고 있는 나를 느끼며 이게 뭔가 하는 생각을 가져 보지만 쉽게 바뀌지 않는다. 어떤 날은 현저한 컨디션의 난조를 보이며 몸이 후들거리는 증상까지 나타난다. 그래도 라켓을 들고 공을 받아 보려고 노력하지만, 확실히 실수가 많아지고 공격이 되지 않는다. 뇌는 재미있으니 계속 하라고 하고 몸은 좀 쉬라고 하는데, 나는 뇌의 지시를 따르고 있다.

14
나의 본분

　가끔 사람은 자기 본분을 망각하고 살아갈 때가 있는 것 같다.

　얼마 전까지만 해도, 또다시 암이 찾아올까 무서워서 필요한 생필품과 옷가지 등 구입하는 것을 많이 생각하고 주저하며 보냈다. 하지만 최근에 나는 언제 그랬냐는 듯 마구잡이로 필요하다 싶은 것들을 사들이고 있는 것 같다. 아파서 누워 지낸 시간이 많을 때, 내가 할 수 있는 것이 별로 없어서 집안 살림 도구도 내 손을 타지 못하고, 그저 제자리만 지키고 있었던 때를 생각하면 무섭고 두려움이 앞서 건강을 생각하는 것 이외는 그 어떤 것도 필요한 것이 없는 것처럼 느끼게 된다. 하지만 나도 모르게 건강한 보통 사람처럼 생활하고 있다. 그뿐만이 아니다. 우리 집 짝꿍은 돈을 벌려고 궁리가 많은데, 나는 돈을 쓰려고 궁리한다. 자기 자신에게 돈을 투자하거나 소비하는 것이 별로 없는 반면에, 나와 주변 사람들에겐 인색함 없이 베풀고 살아가려고 하는 그에게 때론 미안한 생각마저 든다.

　그러나 필요한 것을 구입하여 요긴하게 사용하거나 맛나게 음식을 먹을 때는 돈을 잘 쓴 것이라 여겨져서 기쁘기도 하다. 이런저런 생각들을 잠시 접어 두고 현실에 있는 나를 꼼꼼히 들여다본다. 내면의 건강함과 아름다움은 쉽게 보이지 않아서 그 누구도 함부로 말할 수 없는 경계라지만, 외면은 중년을 넘어선 노년의 나이든 모습이 역력하다. 조금만 허리를 숙이고 움직여도 찾아오는 통증 때문에 나도 모르게 손이 허리에 가서 있을 때가 많다. 주의 깊은 사람들은 금방 불편함을 눈치를 챈다. 수시로 찾아드는 눈의 불편함은 깜빡거리는 횟수가 많아서 때론 중요한 상황을 놓칠 때가 많다. 안과 의사의 추천으로 오메가3 약을 복용하고 많이 호전되는 듯싶었지만, 요즘 또다시 많이 불편하다. 늘어나는 굵은 주름과 탄력 없는 피부, 듬성하고 힘이 없는 머리카락 등이 나의 모습이다. 마음공부를 비롯한 지식을 쌓는 공부도 놓아 버린 지금 나는 "내가 몇 살까지 살 수 있을까?"를 늘 자문한다. 스스로 생각하기에 10년에서 15년 정도가 내가 즐길 수 있는 삶의 연장선이 아닐까를 생각하면서 연명하는 삶은 살고 싶지 않다는 게 진심이다. 그러기에 내게 남은 삶을 후회 없이 살자고 안해 본 것, 안 먹어 본 것, 안 입어 본 것, 안 가져 본 것 등에 대해 욕심도 내어 본다. 소유와 집착을 버려야 하는 나이가 되었는데 나는 그렇지 못하고 있다.

그러는 중에도 내 본분을 망각하고 지나칠 때가 있다.

지나침이라는 것도 내가 세운 경계이니 누군가에게 지탄을 받을 것은 아니지만 그래도 나라는 생각, 나의 본분을 잊어버리는 생활은 해서는 아니 될 것이다.

15

서투른 솜씨

얼마 전까지만 해도 생김치가 밥상에 오르지 않은 날이 없을 만큼 늘 올케언니를 비롯한 주변 지인들에게서 맛난 제철 김치를 많이도 얻어먹었다. 그토록 챙겨 주던 나의 구세주들이 나이가 들어가고 건강이 나빠지면서 상큼한 생김치의 맛을 그리워하게 되는 시간이 길어졌다. 우리 집 짝꿍은 식당에 가면 여지없이 열무김치에 손이 가는 걸 보면서 미안한 생각이 들었다. 저렇게 생김치를 좋아하는데. 그저 얻어먹을 줄만 알았지, 스스로 김치를 담가 볼 생각은 해 본 적이 별로 없는 듯하다. 가끔 작은언니와 통화 중에 언니는 나에게 김치를 담가 먹을 것을 몇 번씩이나 권유했었다. 사실 그동안 나는 직장 생활과 학교생활로 나름 바쁘기도 했었고 감사하게도 주변에서 넘치도록 먹을 것을 주었기 때문에 내가 하지 않아도 반복되는 채워짐에 익숙해졌다. 그래서 내가 해야 한다는 생각 자체를 하지 않았다.

주말에 우리 부부는 로컬 푸드 직매장으로 쇼핑을 하러 갔다. 기대한 것만큼 눈에 들어오는 것이 별로 없었다. 열무 2봉지와 부추, 빨간 고추, 고구마 줄기 등 몇 가지를 사 왔다. 이틀 후, 나는 열무김치를 담그려고 아침부터 분주히 움직였다. 우선 열무를 손질하고 씻은 다음 소금을 풀어 열무를 재워 놓고, 작년 우리 집

옥탑에서 딴 고추를 꺼내 보니 상태가 별로 좋지 않아 손질하는데 시간이 제법 걸렸다. 손질한 고추는 물에 담가 불리고, 생강도 손질하고, 마늘과 배는 잘게 잘라서 믹서에 갈아 놓고, 쪽파와 양파도 손질해 씻어 놓았다.

소금물에 재워 두었던 열무를 두세 번 뒤바꾸기를 하고 보니 30분 정도 된 것 같아 살짝 간을 보았다. 대충 열무 상태가 숨도 죽고 풋내도 나지 않는 것 같아 두세 번 씻어 건져 놓았다.

해 본 적도 별로 없고 본 적도 별로 없는 것을 하려니 나름 바쁘고 서툴러서 시간만 자꾸 가고 다리만 아픈 것 같았다.

열무가 물이 빠지는 동안 물에 불린 고추와 빨간 생고추와 배, 양파, 생강, 밥 한 주먹, 새우젓을 약간 넣고 다시마 우린 물과 함께 믹서기에 갈았다. 색이 곱다는 생각을 하면서 양념들을 한곳에 부었다. 양파와 당근 채를 썬 것, 쪽파 잘라 놓은 것, 빨간 고추 어슷하게 썬 것을 합쳐 멸치 액젓 조금과 죽염도 약간 넣어 간을 보니 맛있다는 느낌이 왔다. 물이 빠진 열무도 함께 버무렸다. 참깨를 넣으면서 올케언니 김치의 맛이 들깨인 것 같아서 나도 볶아 두었던 들깨를 손으로 비벼서 넣었더니 고소함이 풍겼다. 맛도 좋아졌다. 깨끗하고 예쁜 밀폐 용기를 찾아 완성된 열무김치를 다소곳이 넣고 꾹꾹 눌러 담고 양념물을 부었다. 알록달록 예쁜 열무김치가 완성되었다. 나는 맛있는데 우리 집 짝꿍은 어떻게 평가할지 궁금했다. 뒤처리까지 4시간 정도가 흐른 것 같았다. 점심 식사 시간에 짝꿍이 들어왔다. 열무김치 맛을 본 우리 집 짝꿍 "맛있다!"

그리고 다음 날도 여전히 열무김치 맛있다며 맛나게 먹는 모습을 보니 뿌듯한 내 마음.

배추김치 담그는 것보다 열무김치 담그는 것은 훨씬 쉽다던 언니들 말이 생각났지만 나는 이것도 어렵게 해냈다. 가만 생각해 보니 내 인생에서 두 번째로 담근 김치였던 것 같다.

앞으론 가끔 도전해서 우리 집 짝꿍 입맛에 맞는 김치는 내 손으로 담가서 대접하리라 다짐한다.

며칠 후 고구마 줄기 껍질을 벗겨 또다시 김치에 도전했다. 성공적인 맛이다.

맛나게 밥을 먹을 수 있는 것도 좋았지만, 우리 집 짝꿍은 그저 신기하고 대견해하는 것 같았다. 서투른 솜씨지만, 이제 김치를 담그는 일은 일상이 될 것 같다.

16

지구에
미안한 나

무한히 큰 우주에서 나라는 작은 개체가 지구상에 존립하는 동
안 얼마나 영향을 미칠 것인가?

선한 영향력을 미칠 수 있으면 그나마도 다행이지만, 나는 그렇
지 못한다는 생각이 든다.

좀 부지런하고 깔끔하다고 자타가 인정한 부분도 있지만, 그마
저도 무너진 지 오래된 시점에서 나를 돌이켜 보니 나이가 들어
갈수록 편함을 좇아가고 있다. 생명 연장을 위해서라도 먹어야
하니, 매일 쏟아져 나오는 음식물 쓰레기에서부터 생활 쓰레기가
시시각각으로 나온다. 쓰레기를 비우기 위해서 주변을 정리하고,
공동 쓰레기장에서 가벼운 마음으로 집에 온 지 얼마 지나지 않
아 또다시 쓰레기는 차오르기 시작한다.

언제인가부터 내 몸은 지치고 늘 피곤하다. 아프지 않은 곳이
없으므로, 일상을 살아가는 것도 최선을 다해야 그나마 무늬가
그려진다. 핑계를 먼저 댄다. 오래전에 나는 사람들 흉을 본 적이
있다. 설거지를 하게 되면 그릇만 씻어 두는 것이 아니라 주방의
이것저것을 닦고 깨끗하게 정리도 해야지 뭐가 그리 바빠서 대
충 그릇만 씻어 놓고 할 일을 다 한 것처럼 있느냐며 곧잘 말하곤

했었다. 그런데 이젠 내가 그런 부류의 사람이 되고 말았다. 행주와 수세미를 몇 개씩 구분해 놓고 사용하던 나는 그마저도 손으로 세탁하는 것이 싫어서 최소한의 용도로 사용을 하며, 간편한 소재를 찾고 그것도 싫으면 일회용을 사용하는 횟수가 늘어간다. 당연히 일회용을 사용하게 되면 쓰레기는 늘어날 것이고, 비용도 늘어 갈 테지만 나는 그래도 편함을 좋아가고 있다. 손에 물 묻히고 그릇을 씻는 게 귀찮고 싫어서 일회용 비닐봉지에 담아 보관하는 일도 부지기수다. 그러면서 내 맘이 편한 것만은 아니다. 내가 환경 운동가나 가치관이 확고한 선한 사람이 아니어도, 이 지구가 몸살을 앓고 있는 것은 보이기 때문이다. 가끔 TV에 출연한 살림 고수 여인들이 살림하는 것을 보면 고개를 숙이거나 부리울 때가 있다. 그뿐만 아니라 짝꿍에게 미안하다. 주부가 앞장서서 지구를 살리려고 노력해야 할 부분이 많기 때문이다. 알면서도 실천은 어렵다. 음식물 쓰레기를 줄이기 위해서 작은 노력도 해보고, 생활 폐기물이 나오지 않게 하는 방법도 생각은 해 보지만 어렵다. 또한, 나는 외모에도 신경을 많이 쓰는 편이라 옷을 좋아한다. 그러다 보니 구입한 옷도 많고 선물로 받은 옷도 많다. 전부 유용하게 입을 수 있으면 좋겠지만, 필요하지 않거나 기회를 놓쳐 버리고 장롱 속에서 잠만 자는 옷들도 있고, 내 기준에 아니라고 생각되는 경우엔 어쩔 수 없이 버려지게 되는 경우가 많다. 그러다가 딸의 권유로 중고 물품 거래를 한 적도 있다. 내가 사용하지 않거나 보관 중인 것 또는 불필요한 물건이 필요한 주인을 찾아가는 것은 참으로 건전하고 아름다운 일이다. 그러면서 몇 차례의 거래를 통해서 장롱의 여유 공간도 생겼다.

어떤 사람들은 적은 금액이지만 깨끗한 봉투에 돈을 담아 정말 고마운 표정으로 건넬 때도 있다. 그럴 때면 나는 마음속으로 기도하면서 물건을 주기도 했다.

그러나 난 오늘도 많은 쓰레기를 버리면서 생각한다. 인간이 살아간다는 것은 어쩔 수 없이 이 지구상에 수많은 쓰레기를 만들고 가는 것인가?

지구야~ 미안해!

또한, 돈을 버리라고 하면 버릴 사람이 있을까? 그런데 물건과 음식물은 쉽게 버리는 경우가 많다. 필요해서, 좋아 보여서, 돈을 주고 샀지만 필요성이 떨어지고 새로운 것에 관심이 가면 돈을 주고 버리게 된다. 음식물을 버릴 때도 마찬가지다. 필요해서, 먹고 싶어서, 산 음식물이지만 기회를 놓치고 배불러 미루게 되는 과정에서 음식물은 돈과 함께 쓰레기통으로 버려진다. 아까운 돈과 함께 지구를 더럽히는 나의 행동에 속죄하면서 인간답게 지구와 하나가 되어 쓰레기를 버리는 삶을 살지는 말자는 생각을 많이 하게 된다.

17

눈물이 난다

자연의 신비로운 아름다움에 울컥하며 눈물이 난다.
따뜻한 인간애로 가슴 저미는 향기를 준 당신 있어 눈물 난다.

내 마음과 다른 상황 앞에 상처 준 그대 때문에 눈물 난다.
육신의 어긋난 아픔이 극도로 찾아오면 눈물 난다.

아름답게 표현된 예술의 경지 앞에서 눈물 난다.
칼날에 베인 듯 짠한 애처로움 보여지는 약한 님 앞에서 눈물
난다.

18

긴 장마

2020년에는 기후 변화가 잦다. 예상하지 못한 날들이 이어지고 있다.

봄인가 하고 생각할 때쯤 뜻밖의 눈이 내렸고, 갑자기 따뜻한 날씨에 적응할 때쯤 또다시 선선한 날씨가 이어되면서 최악의 여름은 오지 않을 것만 같았다. 하늘도 푸르고 공기는 신선하고 숨을 쉬기 좋은 날인데 마스크를 착용해야 하는 불편함이 몹시 아쉽게 느껴지는 날들이 많았다.

때론 찬 공기가 부담스러워 긴소매를 입은 날이 많았고 잠자리에 들 때는 이불을 덮어야 할 때도 많았다. 그러더니 장마가 시작되었다. 비가 오는 날은 불편함이 있어도 어쩌다 비가 그치고 나면 쨍한 햇빛과 하얀 구름이 파란 하늘에 수를 놓고 신선한 공기를 선사하는 것이 그지없이 예쁘고 좋았다.

그런데, 벌써 일주일 넘게 계속 비가 내린다. 모든 것이 눅눅하다. 살림하는 여자 입장에서 환경을 조성하고 의식주를 해결하는 것도 이런 장마에는 상당히 힘이 든다. 빨래는 쌓이지만 건조가 어렵고, 음식도 습도가 높다 보니 관리가 어려워 자칫 변하기 쉽고, 쓰레기는 종량제 봉투에 넣어 버리자니 꽉 채워지는 동안 그

안에 벌레가 생겨나기도 하고.

　나름 깔끔하다고 생각했던 나는 한없이 서투르고 부족한 관리에 나란 존재의 부끄러움이 느껴지는 날들이다. 티가 나지 않는 노동에서 벗어날 수 없는 것이 여자의 역할인 것 같다. 정말 깨끗하게 잘 살자고 하면 나 같은 불량 주부는 궁둥이 붙여 앉을 시간 없이 계속 주방과 욕실을 오가며 눈을 크게 뜨고 살피며 손에 물이 마를 날이 없어야만 할 것 같다. 잠깐 비가 그친 사이, 위층과 아래층 창문을 닦으려니 혼자 힘으론 역부족이다. 창문은 크고 무거워서 내 맘대로 움직이지 않으니 땀만 나고 효율은 떨어진다.

　긴 장마에 내 몸은 아프고 살림은 어렵고 할 일은 많지만, 우리 집 짝꿍은 이런 일은 본인과는 전혀 상관없는 일처럼 생각하는 듯싶어 서운할 때도 있다. 긴 장마가 힘들지만 나의 서운함이 장맛비처럼 오래가지 않으려고 나름 애쓴다.

　우리나라의 기상 관측 이래 최장기간의 장마라고 한다. 60일이 넘게 비와 함께 여름을 보내고 있다. 습한 날씨와 코로나19로 인한 불편함을 말로 다 표현할 수 없을 것만 같다.

19

감정의 홍수

나의 근본 자리,
나에 대해서 심오한 관찰을 다시 시작해야겠다.

노장 철학이 말하는 삶의 정수란,
세상 사람들이 모두 아름다운 것이 아름답다고 알지만, 이것이
추한 것일 수 있다. 세상 사람들이 모두 좋은 것이 좋다고 알지
만, 이것이 좋지 못한 것일 수 있다.

명예와 몸 중에서 어느 것이 중요한가? 몸과 재물 중에서 어느
것이 중요한가? 얻음과 잃음 중에서 어느 것이 병인가? 너무 애착
하면 크게 허비하고, 많이 소유하면 크게 잃는다. 만족을 알아야
욕되지 않고, 그침을 알아야 위태롭지 않으면서 오래갈 수 있다.

오늘은 사색하며 위의 글을 몇 번씩 읽으면서 공감하고 물음을
하며 여유로운 행복한 시간을 보내 본다. 어느 스님의 "서두르는
것이 서툰 것이다."라는 말씀처럼 서두르지 않는 일상, 여유로운
일상을 꿈꾼다.

유난히 맛나다고 생각하는 음식, 고맙다고 느껴지는 친절, 그토

록 소유하고자 했던 물건을 갖게 되는 기쁨, 눈물 나게 감동했던 사랑의 정표, 우리가 좋다고 느끼는 모든 것…….

　온갖 감정의 홍수 속에서 좋은 느낌은 오래도록 간직하고 지속되면 좋으련만, 쉽게도 빠져나오는 것이 인간인 것 같다. 좋다고 느끼는 그 순간만큼은 모두에게 행복이 아닐까 생각해 본다. 낯섦이 주는 조심과 기쁨, 감동, 설렘은 익숙함 속에서 사그라지는 잠깐의 감정들인 것만 같다. 안타깝고 아쉬운 마음이다. 영원한 것은 그 무엇도 없는데, 영원할 것처럼 집착하며 삶을 어렵게 살아가는 많은 사람을 보게 된다. 온 천지가 울긋불긋 물들고 가로수의 은행잎은 우수수 떨어지고 있다. 저 산 앞에는 억새가 일렁이고 바람결에 낙엽이 지는 나뭇잎과 앙상해진 가지들은 나 자신을 보는 것만 같다. 풍족하지는 않지만 부족함 없는 듯, 아름다운 듯하지만 채워지지 못한 미완의 나의 인생길을…….

20
보호자의
입장

　정돈된 일상이 흐트러지는 날은 여행이 아니라면, 신변에 좋지 않은 변화가 생겼다는 것을 의미한다. 똑같은 날의 반복 속에서 익숙함이 자리하는 일을 하며, 주어진 시간 안에 할 수 있는 자신만의 여가와 직무를 해내는 것이 일상에서 누리는 행복이라는 것을 다시 한번 실감하는 일이 생겼다.

　우리 집 짝꿍이 어깨 통증을 호소하더니 급기야 병원에 입원하게 되는 일이 생긴 것이다. 다행히 중병도 아니고 사고도 아니며 목숨과 관련된 것도 아니어서 다행이라 여기면서도 나의 일상이 유지되지 못함에 마음의 안정 또한 잠시 흔들리고 여러 가지 생각을 하게 된 시간이다. 어젯밤 깨끗이 청소해 놓은 공간이 그대로인 것이 좋다고 느껴진 것도 잠시였다. 9시쯤 TV를 끄고 휴대폰으로 몇 가지 검색을 하고 거실의 불을 끄기 위해 의자에서 일어나자 갑자기 우리 집 풍경이 낯설게 느껴졌다. 늘 함께였던 짝꿍의 부재가 피부로 느껴졌다. 공기와 냄새부터 달랐다. 낯섦이다. 11시쯤 침대에 들었지만 쉽게 잠이 들지 않았다. 한 침대에 나란히 누워 잠을 자는 것이 아니어도, 같은 공간에서 같이 숨을 쉬고 있다는 것만으로도 따뜻하고 벅차오르는 든든함이 상실된 오늘 밤, 나는 다시 한번 짝꿍의 존재 안에 내가 편히 숨 쉬고 있음을 느끼며 잠을 청해 본다.

짝꿍의 입원과 함께 나의 일상이 달라지며 또한 많은 경험을 하게 되었다. 수술실 밖에서 대기하며 초조하게 기다리는 보호자의 입장이 되고, 수발드는 번거로움이 약간은 부담이 되는 등. 여하튼 수술 다음 날은, 새벽 5시에 눈을 뜨고 준비해서 병원에 도착한 게 7시 전이었다. 한쪽 팔은 수술해서 사용할 수 없고, 다른 팔은 링거 주사 바늘이 불편하여 사용하기 어려우니 내가 그의 팔이 돼 주었다. 저녁 식사가 미무리되고, 식판을 가져다 놓고, 안정을 취한 것을 한참 지켜본 후에 귀가했다. 이틀 동안 나는 식사도 거르고 바쁘게 왔다 갔다를 반복하다 보니 내 몸에선 이상 신호들이 자꾸만 생겨났다. 농담 삼아 짝꿍에게 하소연을 했다. "나는 공주라서 이런 일이 맞지 않아~"라고 했더니 그는 "황제 폐하 곁에서 공주가 시중드는 것인데."라고 했다. 나는 "이런 일들은 무수리들이 하는 거야."라며 다시는 어디든 아프지 말아야 한다고 일침을 놓았다.

내가 아플 때 그는 할 수 있는 한도 내에서 최선을 다했는데, 나는 며칠 안 되는 시간에 투정을 부리는 것이 미안하긴 하지만 힘든 것을 어찌할 수 없었다. 그와 나는 닮은 구석이 많긴 한데 혈관을 찾는 것마저 쉽지 않아서 팔과 손등 이곳저곳이 주삿바늘 자국 등으로 파랗게 멍들고 상처투성이다. 혈관을 한두 번에 찾아

내지 못하고 수없이 찔러 대고 만지며 시간을 보내는 서투른 간호사들을 보면서 전문직의 업무를 다하지 못하고 있음을 본인들은 모르는 것 같았다. 미안한 생각이지만 서울 소재 종합 병원의 간호사들 일 처리 방식, 서비스와 대조되는 것을 여러 차례 경험했다. 환자와 보호자를 관리하는 것은 뒷전이고, 군림하려 하며 조금이라도 뭔가 석연치 않은 언행이 보일 때면 고성으로 사람을 놀라게 만드는 그녀들을 보면서 부족한 교육이 문제인가 인성이 문제인가를 생각하게 되었다.

21

첫 경험

내 인생의 첫 경험을 몇 번이나 하였을까?

설레고 가슴 벅차며 두려움에 가슴 졸이던 그리고 그 첫 경험이 익숙함으로 변할 때쯤 편해서 부담 없음이 때론 나태함으로 보여지던 날들.

그렇게 부푼 가슴과 두려움을 안고 설렘으로 시작했던 많은 첫 경험들이 만들어 낸 나의 60년 세월 속에 무엇이 가장 나를 설레게 하였는지?

지금도 경험하지 못한 무수한 상황과 일, 만남이 나의 남은 인생에 얼마나 많은 설렘과 행복한 웃음을 가져다줄 것인지. 아니면 두렵고 무서운 얼굴로 나의 눈물과 혼을 빼앗아 갈 것인지는 알 수 없지만, 내가 무엇인가를 생각하며 가슴이 벅차오르는 설렘을 경험하는 일이 생긴다는 건 값지고 아름다운 일임이 분명하다. 누구에게나 첫 경험은 부족한 가운데서 가장 행복한 순간을 느낄 수 있는 삶의 축복이거나 준비가 부족한 어설픈 삶의 모습일 테니까. 아직도 첫 경험의 기회가 내게 오고 있음이다. 설렘과 벅차오르는 가슴으로 맞이하자.

22
둔화하는
나의 기억력

머리가 좋다는 소리를 제법 듣고 살았던 것 같다. 나는 그렇게 말하는 사람들에게 내가 머리가 좋으면 이렇게 살겠느냐면서 항변을 했다.

어떤 때는 정말 강의 내용이 머릿속에 박히는 느낌일 때도 있었고, 짧은 시간에 많은 내용의 글이 쉽게 암기될 때도 있었으며, 적절한 타이밍에 순발력 있게 임기응변에 능할 때도 있었던 것 같다. 과학적이고 심도 있는 학문 연구에 매진은 하지 못했지만 나름 여러 가지 분야를 섭렵하며 공부하는 인생을 살았다. 어떤 사람은 지금도 공부를 하냐며 약간 비아냥거리는 사람도 더러 있었다. 그러다가 암 진단 이후로 난 모든 것을 놓아 버렸다. 어찌 보면 지긋지긋하게 했던 공부도 좋아서라기보다는 살아야 했으므로 했던 것이어서, 핑계처럼 모든 것을 자유롭게 놓을 수 있었는지도 모르겠다. 그렇게 열심히 하던 기도마저 마음으로만 한 지가 꽤 된 것 같다. 그래서일까? 언제부턴가 생각은 있는데 입 밖으로 튀어나오지 못하는 언어들이 늘어나고 자유롭게 구사했던 내용이 얽혀서 나를 혼란스럽게 만드는 일들이 잦아진다. 머리가 아프고 가슴이 답답해지는 현상을 경험한다.

어느 날은 신묘장구대다라니가 혼란스럽더니 급기야 반야심경 마저 막혀 버린 날, 나는 심한 충격에 놀라지 않을 수가 없었다. 매일 아침, 아니 입버릇처럼 외워댔던 것들이 이토록 막막하게 돼버리다니…….

　짝꿍은 나보다 짧은 시간의 기도와 적은 횟수로 저장한 내용을 지금도 잘 외우고 있는데, 나는 뭔가 하는 생각으로 치매 위험성을 걱정하지 않을 수가 없게 됐다. 하지만 짝꿍은 지금도 매일 아침 탕 안에서 신묘장구대다라니와 반야심경을 외우고 있고 매일 하지 않으면 잊기 쉽다고 격려를 한다.

　아무튼 현저하게 둔화하고 있는 기억을 찾기 위해서는 다시 공부를 시작해야 하지 않을까 생각하면서 암기하는 것부터 시작해 봐야 할 것 같다.

23

신축년 환갑

辛丑年 음력 2월, 내가 환갑을 맞이하였다.

멀게만 느껴지고, 나와는 관계가 없을 것만 같았지만 내게도 왔다. 원래 계획대로라면 환갑날에 내가 사랑하는 모든 이를 초대해서 맛난 식사를 대접하고, 내가 느끼고 체험했던 것을 글로 쓴 책을 한 권씩 손에 쥐여 주며, 나와 함께한 시간에 감사함을 표하고자 했으나 뜻대로 되지 못했다. 가장 큰 이유는 코로나19 사태로 모든 것이 어긋났기 때문이다. 그리하여 글쓰기도 지체되었고 젊은 날부터 조금씩 써 내려간 글들이 컴퓨터에서 지워졌다. 암이라는 아픔을 겪게 되면서부터 내 심정을 조금씩 표현한 글들을 모아 부끄럽고 부족하지만, 나의 이야기가 세상에 나오게 될 것 같다. 환갑을 맞이하여 고가의 선물부터 마음을 써 준 나의 가족과 형제, 친구들의 축하에 큰 웃음을 지으며 봄을 보냈다. 사흘 동안 내리던 봄비가 그치고 맑고 쾌청한 하늘과 공기에 푸름을 더해 가는 초목들 사이에 붉게 핀 장미가 향기까지 피워 내며 화려하게 오월을 수놓고 있다.

辛丑生의 한 아이로 태어나서 60년을 어찌 그리 빨리 보내 버리고 오늘의 내가 앉아 있는 건지. 남은 시간은 얼마인가? 주름과 흰머리가 돋보이는 것이 현재 나의 모습이다. 그나마 복된 그동안의 나의 삶에 감사하지 않을 수 없다. 흰머리가 늘어나고 주름이 더해 가는 것처럼 나의 복된 선행도 같이해야 할 텐데. 계속 받고만 살아가고 있으니 자중하고 복 짓는 일에 신경을 쓰며 남은 삶을 살아가도록 해야 함이 나의 과제다.

주변에서 나를 계산하며 대한다고
나까지 계산하는 일은 없어야 할 것이며,
주변에서 나를 알아주지 않는다고
나까지 그들에게 나를 알릴 것이 아니며,
주변에서 그를 인정해 달라 손짓하고 소리 내어도
나를 내세우지 아니하며,
행복을 부르는 네 가지 마음가짐을 다시 한번 새긴다.

慈: 사랑하고 배려하는 마음
悲: 슬퍼하는 마음
喜: 기뻐하고 좋아하는 마음
捨: 언제나 평온하고 집착이 없는 마음

이기적인 나를 극복하고 "그만하면 충분해."라고 받아들이는 知足의 삶. 외부에 의해 쉽게 흔들리지 않는 자기 절제의 훈련을 끝없이 해야 한다.

24

선택의 오류

언제부터인가 짝꿍의 코골이는 나의 수면에 막대한 지장을 주기 시작했다. 자리에 누우면 곧바로 잠이 드는 그이와 달리 쉽게 잠들지 못하는 나는 몸부림을 몇 번씩 하다가 겨우 잠이 들었나 싶으면, 옆에서 또다시 시작된 코골이에 잠이 깨 버리는 날이 잦다. 그러다가 아이들이 성장을 하게 되고 각자 삶의 터전으로 떠나게 되면서 남은 방 하나를 짝꿍이 사용하게 되었다. 처음엔 딸이 사용했던 방에서 지내다가 남자가 너무 구석진 방을 사용하는 것이 맘에 걸려 또다시 아들이 사용했던 방에서 잠을 자곤 했는데, 겨울이면 춥다는 말을 자주 했다. 그래서 나는 안방을 내주고 내가 그 방에서 잠을 자 보았지만, 나는 그렇게 춥다는 느낌은 없었다.

우리나라 아파트 구조상 안방은 가장 좋은 위치에 있으며 화장실과 화장대가 같이 있어서 여자들이 생활하기에 편리한 구조인데, 방을 바꿔 사용하자니 나도 불편하고, 그이 또한 자꾸 안방마님이 사랑방을 쓰는 건 아니라고 한다. 그렇지만, 춥다는 그의 잠자리를 그냥 넘기기엔 내가 맘에 걸려서, 가장 안정적으로 따뜻한 잠자리를 만들어 주는 방법을 생각하게 되었다. 그러다가 흙침대와 비슷한 종류의 침대가 돌침대보단 덜 딱딱하고 따뜻해서 좋을 것 같다는 생각이 들어 수소문한 끝에 짝꿍과 매장에 들러 침대 하나를 선택하고 구입하게 되었다. 설치한 날부터 불편한 소리를 들었지만 그냥 흘려들었다. 드디어 첫날 잠을 자고 아침에 일어난 그는 퉁퉁 부은 눈으로 컨디션의 최악을 설명했다. 난감했다. 제조사에 전화를 해서 상담을 받아 보았지만 해결책은 없었다. 또다시 잠자리 이동을 했다. 내가 자 보고 나서 판단해야 할 것 같았다. 역시나 나도 편한 잠자리는 아니었다. 등과 어깨가 결리는 느낌이 강하게 왔다. 인터넷 검색을 통해서 에어메시라는 매트를 구입해 깔아 보니 결리는 느낌은 없지만, 일반 침대처럼 푹신하고 편한 느낌은 아니다. 그리하여 나는 불편을 하소연하는 짝꿍의 스트레스를 없애 주기 위해서 기꺼이 안방을 포기하고 지낸 지가 꽤 되었다. 5월까지만 해도 지낼 만하던 날씨는 6월이 되면서 더운 날이 많아지고 있다.

  짝꿍은 여러 차례 방을 바꾸자고 했지만, 불편한 소리를 듣고 싶지 않은 나는 안방에서 자는 것을 거부했다. 그러다가 날씨도 더워지고, 새벽이면 일어나서 중문을 열고 나가는 그이의 인기척에 잠이 깨는 내가 맘에 걸렸는지 또다시 잠자리를 바꾸자고 한다. 이틀 밤을 지낸 그는 또다시 침대를 바꿀 수 없는지 묻는다. 침대를 구입하고 나서부터 2개월 정도 나는 선택의 오류로 말할 수 없는 스트레스를 겪었다. 잘해 주자고 돈을 투자하여 편안한 잠자리 공간을 만들어 주려고 했건만 모든 것이 잘못되고 말았다. 머리가 아프고 가슴이 답답한 시간을 보내며 기꺼이 내가 불편을 감수하려고 애썼지만, 그것이 완벽한 것은 아니기에 또다시 짝꿍에게 맞는 시스템을 찾고 있다. 선택의 오류로 내가 받은 시간적, 물리적, 정신적 피해가 너무 크다. 그러면서 유난히 까다롭고 불편한 것에 대해서는 조금도 견뎌 보려고 하지 않는 그가 다소 미워지기도 한다.

하찮은 물건 하나라도 구입하고자 한다면 신중을 기해야 할 것 같다. 애물단지가 되는 물건을 만들지 않기 위하여……. 내가 물건을 구입하고 이렇게 답답한 경우는 또 처음이었다.

25

복밭의 열매

나는 행복의 씨앗 뿌려
열매 맺는 나날이 좋아.

우연히 찾아오는 행운의 여신은
내 것이라고 생각 안 해.

복의 씨앗 열매 되지 못해도
행복에 굶주린 내가 아니야.

저마다 한 번쯤 기대하는 행운의 여신이
우연처럼 찾아올지라도

복의 씨앗
내 것 아닌 양 그렇게 세월 흐른 뒤
언젠가 내게 와 있을 테니까.

26

내 인생의 도화지

십 대에 아름다운 인생을 셀 수 없이
꿈꾸며 가슴과 머리로 그렸습니다.

뜻한 대로 그려지지 않은 이십 대엔
번민과 시행착오로 그리기와 지우기를
반복했습니다.

삼십 대엔 오만과 착각 속에서 나를 삭막하게
만들었습니다.

사십 대가 되어 나의 님은 싱그럽고 부드러운
숲길로 나를 인도했습니다.

맑고 고운 그 가슴에 감사와 행복의 예쁜 꽃수를
한 땀 한 땀 놓고 싶었습니다.

오십 대엔 작품처럼 빛나는 자수가 놓일 것 같았습니다.
그러나 불청객이 찾아와 나의 인생 자체를 흔들어 버렸습니다.

암이라는 못되고 성격 급한 무서운 손님은 내 몸 이곳저곳에
씨를 뿌려 삼 년 동안은 숨죽이며 근신하고 조심하며 지냈습니다.

내 몸엔 암의 흔적과 상처들로
보기 흉하고 아픔이 여전히 함께합니다.

그동안 그리지 못하고 얼룩져 버린 시간을 하나씩 씻어 가며
또다시 예쁜 꽃수를 놓아 가려고 합니다.

이젠 육십 대가 되어 육신은 힘이 들고
외모는 초라해 볼품없어도

싱그러운 숲길로 한 발 한 발 내디디며
감사와 행복의 꽃수를 다시 놓아 가려고 합니다.

내 인생의 여정이 다하는 그 날
미련 없이 웃을 수 있게…….

27

당신과 나

깊고 넓은 바다 같은 모습으로
친절과 섬세함으로 꽃잎처럼 부드럽고 향기롭게
내 가슴 안에 쌓인 응어리 풀어 주던 당신

새하얀 눈밭에서 시린 손 호호 불며
정열의 커다란 하트 그려 내 마음의 불 지펴 주던 당신

병들어 기력 잃은 내 몸에 사랑과 헌신의 혼 불어 주던 당신

이제는 빛나는 보석마저 내 것으로 만들어 주는 당신

부처님의 선물이라 믿고 받아들인 세월 속에
우리 두 손 맞잡고 웃음 지으며 서 있네요.

당신과 내가…….

제3장

찾
아
나
선
길

향기를 좇아
아름다운 풍경을 그리며
영화 속의 주인공이 되듯이
미지의 곳곳, 생각나는 곳을
찾아 나서다.

여행은 내 인생의 쉼표인가
여행은 내 인생의 구름다리인가
여행은 내 인생의 일상처럼
소중한 추억을 만들어 주고,
가슴을 뛰게 만드는 선물이다.

매화 향기
속으로

3월의 중순, 오늘은 유난히 청명하고 훈훈한 봄날이다.

어제 하루 동안 비가 왔고 그제는 따뜻함이 넘쳐 약간은 덥다고 느낄 만큼의 기온으로 사람들의 겉옷이 손에 많이 걸쳐져 있었다. 서울에서 치료 중 만난 환우와 나의 친구 둘을 추가해서 광양 매화마을에 다녀왔다.

뿌연 황사로 기분이 그렇게 좋지는 않았지만, 많은 사람의 웃음소리와 강바람, 덜 핀 매화나무에서 풍겨 오는 매화 향기에 취해서 포즈를 취해 가며 사진도 찍고 하루를 맘껏 즐겼다. 둔치 주차장 부근에 주차하고 한참을 걸어가는 코스도, 매화 농장 일대를 걷는 코스도 그렇게 힘들이지 않고 걸을 수 있는 나에게 격려하고 칭찬하며 내려오다 보니 배가 고파 왔다.

점심 식사 전 간단한 군것질을 하며 내려왔다. 둘은 옛날식 호떡을, 둘은 추억의 국화빵을 사 먹으며 식당을 찾았다. 우리는 광양 불고깃집에서 점심 식사를 마치고 매화 향기를 가슴 깊이 묻으며 즐겁고 소중한 하루를 보내고 왔다.

02
꽃무릇과
하나 된 시간

구월에 참사랑이라며
붉은빛으로 물들여
많은 님의 발길을 모으는 이
이름하여 꽃무릇이라 하네.

잎도 없이 무엇이 성급하여
화려하게 치장한
붉은 꽃만으로 무리를 이루면서
님들의 시선을 가져갈까?

구월의 뜨거운 태양 빛을 받으며
초록의 나무 아래 가녀린 모습으로
화려한 색깔을 뽐내는 이
너와 나도 한 몸 되어
참사랑을 그려 보네.

벚꽃처럼 아름다운
가족 나들이

딸이 뮤직비디오 촬영차 광주에 오게 되어 독립한 아들도 부르고 어머니도 모시고 우리 가족은 일요일 아침 일찍 쌍계사로 모처럼 가족 나들이를 하게 되었다.

이른 아침이지만 지체되는 차량으로 운전하는 사람들은 좀 힘들겠지만, 바깥 풍경을 오롯이 구경할 수 있어 우리는 좋았다. 연신 감탄사를 내시는 어머님을 보니, 마음이 따뜻해져 왔다. 언젠가부터 심해지는 미세 먼지와 황사로 공기가 탁해지고 청명한 날씨 보기가 힘들어서인지 길가에 늘어진 벚꽃의 색도 예전처럼 황홀하게 느껴지지 않았다.
그렇지만 온 가족이 마음과 몸이 하나 되어 하루를 즐기기에는 과하지 않은 햇볕과 바람이 일조를 해준 것 같다.

적당한 곳에 주차를 하고 우리는 모두 아메리카노 한 잔씩 나눠 들고 산책을 하다가 경치 좋은 곳을 발견하고는 그곳에서 많은 시간을 보냈다. 사진도 열심히 찍고 딸과 아들은 동영상도 찍으며 꽃비 내리는 장면을 놓치지 않으려 애썼다. 딸의 요구에 우리는 각자 하늘을 나는 새가 되어 포즈를 취하고 기억에 오래 남을 만한 사진도 찍었다. 사진 속에서 환하게 웃으시는 어머님 표정이 아주 좋았다.

건강하신 어머니지만, 다리가 불편하여 걷는 것이 힘드시다는 어머니지만, 오늘의 나들이가 즐거웠다고 몇 번이나 말씀하시는 것이 우리도 좋았다. 그러면서도 나는 또 이미 가신 지 30년이 다 되어 가는 내 엄마와 이런 시간 한 번 보내지 못하고 인연을 놓아 버린 것이 생각나 가슴이 아려 오고 눈시울도 촉촉하게 젖다 보니 시간의 소중함을 다시 한번 느낀다.

04

오드리 헵번을 꿈꾸며,
그레고리 펙과 함께

2016년은 해외여행을 두 번이나 했다.

한창 더위가 기승을 부리는 7월에 태양이 작열하는 다낭으로 올케와 큰언니, 우리 부부 이렇게 넷이서 간 여행이었는데 예상 대로 음식은 먹을 만했고 기후도 축복받은 여행객이라는 소리를 들을 만큼 그다지 덥지 않았다. 평균 기온이 37도를 넘지 않았기 때문이다.

여행하는 동안 우리나라의 60~70년대를 보는 것 같았고 조용 한 분위기라고 생각했다. 석사 논문을 마치고 동기들과 방문했던 할롱 베이와는 달랐지만, 역시 평온한 여행으로 기억할 만한 시 간이었다. 여행지 여러 곳 중 바나 힐에 올랐을 때의 감동은 참으 로 컸다. 프랑스의 지배를 받았던 영향인지 유럽풍 건물에 아름 답게 조성된 바나 힐은 케이블카에 오르면서부터 감동을 주었다. 언니와 올케도 탄성을 자아내며 좋아했다.

패키지여행의 최대 단점이 내가 머무르고자 하는 시간이 자유 롭지 못하다는 건데 역시나 충분한 시간을 가질 수 없어 아쉬움 에 묻고 온 여행지가 되었다. 올케와 언니의 건강 상태가 좋지 않 은 관계로 약간은 불편함이 있었지만 건강하게 3박 5일 여행을 마무리했다. 귀국 후 2개월 남짓 준비를 하고 일상을 누리다가 추석 연휴 마지막 날에 우리 부부는 이탈리아 여행을 위해 인천 국제공항으로 향했다.

공항버스가 연착한 관계로 인솔자 미팅 시간이 지연되었고, 우리 부부가 마지막으로 출국 수속을 밟게 된 것 같았다. 대기하며 앉아있는데, 중국인들의 시선이 느껴졌다. 나를 보고 연신 웃으면서 뭐라고 하는데 알아들을 수는 없지만, 눈빛이 호의적인 것이 나쁘게 느껴지지 않아 나도 미소를 보냈다. 나의 옷차림과 소품들이 그들의 관심이었던 것이다. 사진 좀 찍어도 되겠냐는 신호를 보고 나는 흔쾌히 그러라고 했고, 젊은 중국 여인이 사진을 찍었다. 그리고 일행의 어머니처럼 보이는 나이 든 여인과 젊은 여인은 고마움의 미소와 인사를 보냈다. 나는 기분이 좋아졌다. 멋을 부렸다기보다는 12시간의 비행시간을 편하게 보내기 위해 선택한 의상이었는데. 이후, 이탈리아 여행 마지막 날에도 이날의 코디는 많은 사람의 관심과 사랑을 받았고 덕분에 우리 부부는 베스트 드레서 커플로 인정을 받았다. 늦은 저녁 시간에 밀라노에 도착하여 바로 호텔에서 하룻밤을 묵었다. 다음 날 아침 간단한 조식 후에 3시간에 걸쳐 친퀘테레로 이동을 했고, 알록달록한 색채를 자랑하는 이탈리아어로 '다섯 개의 땅'이라는 뜻의 마을 가운데 두세 곳을 관광했다. 이곳은 어촌 마을로 연안에서 작업하는 동안 자신들의 집을 쉽게 알아볼 수 있도록 알록달록하게 칠하게 되었다는데, 이것이 오늘날 관광의 상당한 역할을 하는 것 같았다.

비스듬하게 기울어진 모습으로 유명하며 갈릴레오가 낙하의 법칙을 실험했다는 피사의 사탑에서, 두오모 성당과 파란 잔디와 사탑의 조화가 범상치 않아 보이는 곳에서 기념 촬영을 하며 이탈리아의 모습을 그려 나간다. 버스로 구시가지 전체가 세계 문화유산인 시에나로 이동하여, 시에나 대성당과 캄포 광장과 푸블리코 궁전을 둘러봤다.

　다시 버스에 올라타서 이탈리아의 수도 로마로 향한다. 이탈리아 여러 곳을 방문했지만, 로마는 생애에 꼭 한 번은 가 봐야 할 곳이라는 생각이 들 정도로 큰 감동을 받은 곳이다. 가톨릭의 총본산 바티칸시티를 관광했다. 세계에서 가장 아름답고 화려한 박물관으로 미켈란젤로, 라파엘로 등 걸작을 총망라한 서양 미술의 보고라고 할 수 있는 바티칸 박물관에서 본 그림들은 나에게 큰 감명을 주었다. 그림인지 조각인지 분간하기 어려울 정도의 섬세한 묘사와 생동감이 살아 있는 것처럼 그대로 전달되었다. 이렇게 아름다운 문화적 체험을 이제야 한다는 것이 너무도 안타깝다는 생각을 지울 수가 없었다. 웅장함과 아름다움, 견고함이 느껴지는 곳곳의 성당과 건축물을 보면서 로마의 위대함이 고스란히 전달되는 것 같았고, 세계에서 밀려드는 관광객들 사이에 내가 있다는 것도 감사했다. 로마를 상징하는 원형 경기장으로 검투사들의 싸움이 벌어졌던 장소인 콜로세움과 뒤로 돌아서 동전을 던지면 다시 로마에 올 수 있다는 속설로 유명한 트레비의 분수(당시 보수 공사로 물이 빠진 상태) 등 영화 속 오드리 헵번을 꿈꾸며 원피스를 입고 로마 이곳저곳에 발을 내디딜 때마다 나는 앤 공주처럼 행복했고, 울 짝꿍은 그레고리 펙처럼 멋졌다.

　다음 날, 세계 3대 미항으로 알려진 나폴리로 이동한다. 버스에서 자칭 그레고리 천이라 불리는 가이드는 로마에서부터 우리의 여행을 즐겁고 유익하게 하는 데 부족함이 없었다. 소렌토로 이동하면서는 가이드에게 「돌아오라 소렌토로」를 이탈리아어로 배우면서 즐거운 이동을 계속했다.

　깎아지른 절벽과 코발트빛 지중해가 맞닿은 모습이 장관을 이루는 소렌토의 전경을 감상하고, 고대 폼페이 유적지도 둘러보았다. 그리고 낭만의 섬 카프리로 이동한다. 온난한 기후와 아름다운 경치로 고대 로마 시대부터 황제와 귀족, 예술가들에게 사랑을 받았으며 세계의 유명 인사들의 별장과 허니문 장소로도 유명한 카프리 섬을 관광했다. 이곳 카프리 섬에서 자생하는 식물에서 채취한 것으로 만들었다는 향수를 구입했는데, 만족도가 매우 높아 나의 애장품 중 하나가 되었다. 다음 날은 르네상스가 활짝 꽃피었던 피렌체로 이동해서 영화 「냉정과 열정 사이」로 더욱 유명해진 두오모 성당과 시뇨리아 광장, 단테의 집 등을 둘러보았다. 메디치 가문의 업적과 훌륭한 예술가들의 발자취를 가이드의 입담과 함께 보고 느끼며, 유명한 피렌체의 가죽 시장에서 쇼핑도 했다. 대운하가 도시를 가로지르는 물의 도시 베네치아로 이동, 관광 후 호텔에 투숙했다. 다음날 선착장에서 페리에 탑승하기 위해 주변을 관광하며 대기하고 있는데, 찬바람과 낮은 기온으로 노상에서 판매하는 두꺼운 목도리라도 하나 사서 걸치고 싶은 마음이 간절했다.

베네치아에서의 가이드는 유학생인 여자였는데, 제법 멋진 트렌치코트를 걸치고 와서 추위에 떠는 나를 부럽게 했다. 그러나 시간이 흐르면서 기온은 상승했고 관광은 순조로웠다. 곤돌라와 수상 택시를 타고 경이로운 베네치아의 이곳저곳을 돌며 물 위의 도시가 세월 속에서도 여전히 건재하다는 듯 벽에 붙어 있는 조개껍질을 보면서도 그냥 지나칠 수 없었다. 탄식의 다리와 나폴레옹이 '세계에서 가장 아름다운 응접실'이라고 극찬한 산마르코 광장, 비잔틴 양식의 화려한 성당을 관광한 후, 로미오와 줄리엣의 도시 베로나로 이동을 했다. 사랑의 정표가 있는 곳에서 우리도 포즈를 취하며 들뜬 웃음을 보였다. 아쉽게도 베네치아의 시장 구경을 하지 못하고 온 것이 서운했다. 베로나에서 가르다 호수의 보석 시르미오네로 이동하여 호수 주변을 산책하고, 조용하면서도 가격이 저렴한 상점에서 쇼핑도 하면서 여행을 마무리해 간다. 마지막 날 다시 밀라노에 도착했다. 세계적인 오페라 거장들이 공연하고 성악가들의 꿈의 무대라 불리는 스칼라 극장과 고딕 건축물의 걸작이라고 하는 두오모와 아케이트 등을 관광했다.

열린 문화를 잘 보여 주는 광장 문화도 좋았다. 곳곳에서 벌어지는 거리 공연을 보면서 나도 손뼉을 치며 몸을 흔들고 춤을 추었다. 그리고 향이 진한 오리지널 이탈리아 에스프레소 한 잔씩을 시켜 작은 음악회가 열린 광장에서 음악을 음미하며 마셨던 기억도 다 좋았다. 밀라노에서는 나의 모자 쇼핑을 하려다 많은 것을 놓쳐버려 짝꿍에게 미안한 마음이 크다. 다행히 짝꿍은 모자 상점에서 이탈리아인과 거래를 잘하여 저렴한 값에 모자 4개를 사 왔다.

이탈리아 여행 중에 완전하지는 못하지만 그나마 쫓기듯이 준비한 선물들이 주인을 찾아가고, 미처 준비를 못 한 지인들에겐 먹거리로 서운함을 대신했다. 이번 여행에서 인상 깊게 남은 사람이 있다. 일행 중의 한 남자분은 처음부터 끝까지 숙소가 바뀔 때마다 버스에서 일행의 캐리어를 기사님과 함께 옮기는 것을 도왔다. 내가 하지 못하는 선한 아름다움에 고개를 절로 숙이게 되는 행동이 여행 내내 우리를 편안하게 해 주었다. 그 남자분의 노고가 가슴에서 오랫동안 아름다움으로 자리할 것 같다.

05

아드리아 해변에서 듣는
아름다운 피아노 연주

올해는 우리 집 짝꿍이 61세가 되어 음력 8월에 회갑 기념으로
가족사진도 촬영하고 형제들과 식사도 함께했다. 그리고 회갑 기
념으로 다시 해외여행을 갔다. 발칸을 경유하는 긴 여행을.
 동유럽 여행기는 짝꿍이 메모해 놓은 내용을 중심으로 구체적
이고 세밀하게 서술된 부분이 많다.

 10월 5일 인천 국제공항에서 프랑크푸르트발 비행기에 탑승했
다. 약 11시간이 조금 넘게 걸리는 거리였다. 다른 여행과는 달
리 비행기는 만석이었고, 우리 부부는 자리도 떨어져 앉아서 가
야 했다. 조금 저렴한 패키지여행을 선택한 대가였다. 저녁에 프
랑크푸르트에 도착하여 호텔로 이동하고 하루를 그렇게 보냈다.
 둘째 날, 짝꿍은 5시 30분에 기상하여 씻고 외부 날씨를 살피
고 왔다. 쌀쌀한 날씨라고 했다. 이른 아침부터 비가 약간 오다가
날씨가 개었다. 버스로 3시간 넘게 이동하는 길 좌우에는 끝없는
옥수수밭과 유채밭, 포도밭 등 600km가 넘는 끝없는 지평선의
프랑스 농원이 함께했다. 노트르담 대성당과 쁘띠 프랑스 마을을
관광했다.

142   어쩌다가

바람이 몹시 부는 날씨였다. 알퐁스 도데의 소설 『마지막 수업』으로 유명한 콜마르의 오래된 마을에서 원색의 예쁜 집들과 운하로 낭만적인 분위기의 고풍스러운 집들, 꽃이 가득한 창들을 보며 동유럽의 여정을 시작하는 것 같았다. 잠시 여고 시절의 국어 시간이 떠오르기도 했다. 알퐁스 도데의 소설을 공부했던 그 시절에 내가 여기까지 오리라고는 상상도 못 했다. 이동 거리가 많은 여행이었다. 창밖에는 또 비가 내리고 있지만, 나름대로 운치가 느껴지고 사색의 시간이 되는 듯싶었다.

삼 일째, 어젯밤도 심하게 코골이를 한 짝꿍 때문에 충분히 잠을 못 이뤘고 짝꿍은 나에게 미안해한다. 드디어 내 마음속 동경의 나라 오스트리아에서의 여행이 시작된다. 목적지에 대한 호기심은 나름대로 상상의 날개를 펴고, 이동하는 길목의 풍경 또한 화답하듯 보여지는 것이 있다. 멀리 보이는 설산과 지평선의 초원에서는 소들이 한가로이 풀을 뜯고, 아무런 근심도 없을 것만 같은 사물의 모습에 나도 동화되어 간다.

잘츠카머구트에 도착했다. 영화 「사운드 오브 뮤직」의 여주인공 마리아와 대령이 결혼식을 올렸다는 교회 앞에 섰다. 마침 결혼식이 있었다. 브라스 밴드가 축하 연주를 했다. 교회에서 종소리가 들려 왔다. 아득히 먼 옛날의 종소리 바로 그것이었다. 그 앞에서 우산을 받치고 사진 한 컷을 찍었다. 내가 마리아가 되는 마음으로……

유람선을 타고 또다시 이동이 시작되었다. 넓고 깨끗한 호수와 그 주변을 둘러싼 산과 그 주변 곳곳에 집들이 보였다. 그림 자체였다. 자연 현상 자체가 모두 아름다움이었다. 선상에서 식사를 마치고 커피 한 잔과 함께하면서 몇 컷의 사진도 찰칵찰칵~ '이런 곳에서 인생을 보내는 사람들은 축복 자체를 약속받고 이런 그림 속으로 왔을까?'라는 생각을 하면서 할슈타트에 들어섰다.

아름답고 평화로운 풍경을 카메라에 담고 싶다는 마음에 셔터를 누르기 바쁘다. 잔잔한 호수와 눈 덮인 산 아래 단풍으로 물들어 가는 나무들, 동화 속의 모습인 양 가파른 지형에 기대어 세워진 건물들이 환상적인 풍경을 연출한다. 천혜의 자연 경관이 어디를 쳐다봐도 그림이라 나도 그곳에 묻히고 싶은 마음이었다. 푸니쿨라를 타고 오르면서 주변과 소금 광산을 둘러봤다.

모차르트, 소금, 사운드 오브 뮤직, 페스티벌로 유명한 잘츠부르크에서 가이드의 놓칠 수 없는 재미있고 실감 나는 설명도 들었다. 그리고 골목을 누비며 문화적 특성과 매력이 함축된 거리도 다니면서 오스트리아를 깊게 느끼고 있었다. 영화 「사운드 오브 뮤직」에서 여주인공 마리아가 아이들과 도레미 송을 불렀던 곳으로 유명한 미라벨 정원에서 산책도 했다.

빈에 도착했다. 쇤브룬 궁전의 정형화된 정원과 내부의 역사, 인물, 가구, 생활 공간을 둘러보았다. 화려하지만 굴곡진 삶을 살다 간 귀족들의 스토리가 와닿는다. 유명한 클림트의 「키스」 원작과 쉽게 볼 수 없는 그림들을 관람하기 위해 추가 옵션을 지불하면서 벨베데레 궁전에서 잘 가꾸어진 정원과 궁전 내부의 화려하고도 정교한 상궁과 하궁 건축물을 둘러봤다. 이곳에서 유익한 시간을 보내면서도 음악의 본고장 빈에서 모차르트의 음악을 오케스트라 연주로 직접 감상하지 못하고 오스트리아 여행을 마쳐야 하는 아쉬움이 남았다. 슬로베니아로 출발한다. 우리 부부는 일반적으로 한 나라 여행을 깊이 있게 하는 편인데, 이번 여행은 점만 찍는 여행인 것 같아 아쉬움이 계속 남을 것 같다. 줄리언 알프스산맥에 둘러싸인 호수면100m 높이의 절벽 위에 세워진 블레드 성과 호수를 감상하면서 그 아름다움에 위안을 받고 다시 크로아티아로 향한다.

코레니카에 도착하여 하룻밤을 묵고, 호텔에서 이른 아침을 먹고, 플리트비체 국립공원을 관광했다. 플리트비체 국립공원은 유네스코 세계 자연 유산으로 지정되어 있으며, 크로아티아 전역에 조성된 국립공원 중에서 가장 아름다운 곳으로 알려져 있다. 16개의 호수에서 떨어지는 폭포의 전경과 이곳에서 서식하는 다양한 동식물과 울창한 숲이 어우러져 아름다운 장관을 연출하기 때문인데, 우리가 방문한 시기는 단풍이 들기 시작하면서 벌써 군데군데 얼음이 얼어 있는 곳이 많아서 조심스럽게 발길을 옮겼다. 숲이 우거진 응달은 몸을 웅크리게 하는 추위가 느껴졌으나 햇빛이 잘 드는 곳은 호수의 눈부신 아름다움과 따스함이 전해졌다.

인공적인 느낌이 없는 자연이 주는 위대한 경관과 신선함을 듬뿍 받고, 따뜻한 커피 한 잔을 사서 마시며 휴식의 시간을 가졌다. 세계에서 몰려든 관광객들의 옷차림이 재미있다. 한겨울 두꺼운 패딩으로 중무장한 사람, 반바지에 얇은 티셔츠를 걸친 사람 등등. 점심으로 송어구이를 먹고 스플리트로 향한다. 끝없는 황무지를 가로지른다. 돌밭 위에 듬성듬성 이름 모를 키 작은 나무들이 보인다. 어딘지 모를 곧게 뻗은 도로를 달린다. 더러 붉은 지붕에 흰색 벽의 집도 보인다. '어떤 연유로 이런 곳에 집을 짓고 살게 되었을까?' 세상은 인연에 따라 삶을 영위하는 개체의 존재로 이루어지고, 나름의 이유가 있다지만…….

발칸의 따스한 햇살이 피부를 자극한다. 힐링이 되는 느낌이다.

왼쪽 엄지발가락을 만지면 행운이 온다는 그레고리우스 닌 동상을 관광하고 다시 버스로 3시간 넘게 이동하여 오후 늦게 보스니아 국경을 통과해서 숙소에 도착했다. 다음 날 크로아티아 해안에서 가장 아름다운 도시로 손꼽히는 유네스코 세계 문화유산인 두브로브니크로 출발했다.

조금은 이른 시간에 두브로브니크에 도착했다. 그리고 9인승정도 되는 차량으로 옮겨 탄 우리는 절벽 위의 도로에 올랐다. 내려다보는 두브로브니크는 붉은 지붕의 집들과 파란 바다가 어우러져 감탄이 절로 났다. 일명 포토존이라 불리는 곳에 우리 일행을 내려놓고 가이드는 자신 있게 설명하고 사진 찍기도 권했다. 우리는 화답하듯 포즈를 취해 가며 사진을 찍고, 성벽을 돌아보고 옛 시가지에서 산책과 쇼핑을 했다.

그리고 다시 배를 타고 두브로브니크를 바다 쪽에서 바라보았다. 섬에는 일광욕을 즐기는 누드족도 있었다. 아름다운 아드리아 해변 레스토랑에서 은발의 피아니스트가 연주하는 피아노 연주를 들으며 잉크빛 바다를 바라보고 음식을 입에 넣는 지금, 더 이상의 행복이 무엇일까 하는 생각을 하며……

　　과거의 아픈 역사를 가진 크로아티아지만 지금은 너무나 평화롭고 번성한 모습이다. 프란체스코 수도원과 두브로브니크 대성당, 하얀 대리석이 깔린 플라차 거리, 렉터 궁전과 스폰자 궁, 시계탑 등을 둘러보는 일정을 마쳤다.

　　다음 날, 폭포와 물로 둘러싸인 '꿈속의 마을'이라 불리는 라스토케의 아기자기한 동화 마을을 둘러보며 수자원이 풍부하고, 자연 경관이 빼어난 이곳은 모두가 탐낼 만한 곳이 분명하다는 생각이 들었다. 크로아티아의 수도 자그레브로 이동하여 대성당, 성 마르코 교회와 반 옐라치치 광장, 시장 등에서 관광과 쇼핑을 했다. 자그레브에서 직접 구워 만든 예쁜 접시 2개와 건무화과를 샀다. 다시 헝가리로 이동한다.

　　창밖으로 보이는 풍경이 시원스럽다. 드넓은 옥수수밭과 각종 초목이 보이는 지평선을 가로질러 버스는 계속 달린다. 버스 안에선 빈 필하모니 오케스트라 연주를 VTR로 감상하며 헝가리 국경을 통과한다. 몇 시간째 달려도 기름진 평원의 농토와 지평선의 연속이다. 좁은 땅에 사는 우리와는 너무나도 대조적이다. 이 넓은 평원의 농사를 어떻게 지을까 궁금했다. 이렇게 탁 트인 대지에 사는 사람들은 기본적으로 여유가 있을 수밖에 없겠다는 생각도 든다. 차창 너머엔 석양이 물들어 간다. 지평선 너머의 노을

이기에 더욱 새로운 느낌이다. 헝가리의 수도 부다페스트에 도착했다. 아름답고 푸른 다뉴브 강 유람선을 타고 부다페스트의 멋진 야경을 감상한다. 분위기에 맞는 음악과 잔잔한 밤바람에 유람선은 유유히 다뉴브 강을 오간다. 화려하고도 신비롭기까지 한 금빛 성들이 밤을 밝히고, 우리 부부는 행복한 마음으로 야경에 흠뻑 취했다. 그리고 시내로 들어왔다.

프랑스의 샹젤리제 거리를 모방했다는 명품 거리와 광장을 보고 오랜만에 한식인 비빔밥을 기쁘고 반가운 맘으로 먹고는 호텔로 이동해서 일정을 마쳤다.

 다음 날, 다뉴브 강을 중심으로 서쪽의 부다 지구를 관광한 후 다뉴브 강 동편으로 이동하여 페스트 지구를 관광했다. 헝가리의 대표적인 것 중의 하나가 의학이라고 한다. 노벨상 수여 세계 2위라는 말에 우리는 파프리카를 원료로 만들었다는 비타민과 근육, 신경통에 탁월한 효과가 있다는 연고를 구입했다.

 또다시 슬로바키아로 3시간 넘게 이동하여 여러 가지 독특한 조형물이 즐비한 구시가지와 브라티슬라바의 고풍스럽고 정감이 넘치는 동유럽의 모습을 그대로 간직한 도시와 몇 군데의 성과 대성당 등을 관광했다. 그리고 도시 전체가 유네스코 세계 문화유산으로 등록된 체스키 크룸로프로 이동하여 또다시 체코로 향한다. 천년의 역사를 지닌 아름다운 백탑의 도시 프라하로 가는 3시간 버스에서는 약간의 휴식을 취했다. 프라하의 밤은 낮보다 아름다우며 낭만 가득한 프라하의 야경과 트램 탑승으로 감동을 하고 올림픽 호텔에서 피곤한 몸을 충전한다.

 다음 날 고딕, 르네상스, 바로크, 로코코 건물 등 시대별로 예술 사조의 변천사를 한눈에 볼 수 있는 구시가지 광장과 낮에 보여지는 프라하의 모습과 틴 성당, 그 유명한 체코의 천문 시계탑 등을 관광했다. 천문 시계탑 앞에는 세계에서 몰려든 관광객이 인산인해를 이루고 있었다. 복잡한 거리에서도 체코의 특산품인 호박 귀걸이와 가넷 팔찌를 구입했다.

여행의 마지막에 온 것 같다. 다시 독일로 향한다. 넓은 초원은 역시 평화롭게 보인다. 뉘른베르크에 도착하여 슈니발렌이라는 과자를 맛보고, 로텐부르크의 아담한 시골 마을에서 이곳저곳을 관광한 후 숙소에서 잠을 청한다. 마지막 날 아침이다. 짐을 꾸리기 위해 조금 일찍 일어나 조식은 대충 먹고 차에 올랐다. 수신기의 헝클어진 선을 풀었다. 살아가는 것도 역시나 헝클어진 끈을 풀기 위해 이리저리 바쁘게 움직이며 조바심을 내는 마음을 가지고 풀어 나가려 애쓰는 때가 많지 않은가 생각해 본다. 창밖은 짙은 안개가 깔려 몇 미터 앞을 보기가 어려울 정도다. 일상을 떠나 다른 시간을 보낸다는 것의 의미는? 마음의 평화, 경험, 알아 간다는 것 등등. 어떤 것은 만들어 가고 어떤 것은 운명처럼 나도 모르게 왔다 가는……. 어린 시절 선생님이 칠판에 써 놓은 한마디가 기억 속에서 살아난다.

"What is Life? What is your hope?"
나이가 들어 가는 지금도 역시 그 자리에 있는 것처럼…….

06
신비의 섬
울릉도와 독도

어둠을 뚫고 새벽녘에 나선 길.

조그만 여행 가방에 기대와 생필품, 여행 룩을 함께 넣고 나란히 낯선 버스 안에 앉은 사람들과 가벼운 인사를 나누며 한가득 사람들이 채워질 무렵 버스는 광주에서 출발한다. 사월의 마지막 날 아침이 물러가고 태양 빛을 맞이하는 시간이다. 이름 모를 나물들과 된장찌개가 한 상 차려진 붐비는 식당에서 점심을 먹고 다섯 시간 넘게 달려 온 차량과 이별한다.

신분증 확인과 함께 커다란 배 안으로 우리들은 들어간다.

흔들리는 배 안에서 상당 시간을 눈도 감아 보고 간식도 먹어 가며 울릉도를 향한 여행을 시작했다.

버티다 보니 울릉도에 도착했다. 작은 버스에 올라서 좁고 구불거리는 울릉도를 한 바퀴 돌아보며 울릉도의 정취를 느껴 본다.

코끼리바위와 촛대바위 앞에서 포즈를 취해 본다.

저녁 식사 후 쇼핑의 시간을 가졌다. 울릉도 자연산 미역을 구입했다. 마른오징어는 가이드가 추천한 곳에서 시식 후 구입했다.

2박 3일의 일정 가운데 하루를 금방 보낸 것 같아 섭섭하다.

오월의 첫날 아침이다. 하늘도 푸르다.

이튿날은 바다를 배경으로 투어를 시작했다. 그동안 보아 왔던 우리나라의 바다색이 아니다. 너무도 맑고 투명한 바다색이다. 그야말로 비취를 닮은 바다의 보석이다. 강렬한 태양 빛이 부담스럽다. 장거리 투어를 하기에는 적당하지 않은 듯싶다. 그러나 아름다운 울릉도의 이곳저곳을 살피며 바쁜 한나절을 보냈다.

독도를 향한 발걸음을 재촉한다. 또다시 배에 오른다. 출렁이는 파도에 몸도 마음도 출렁인다. 안정을 찾기 위해 또다시 두 눈 꼭 감고 목을 젖힌다. 시시각각으로 변하는 날씨에 따라 우리가 탄 배의 방향은 달라질 수 있는 상황이다. 배 안에 타고 있는 모든 사람이 간절한 기도를 했기 때문일까? 독도에 갈 수 없을 것 같다던 선장의 멘트가 달라졌다.

전생에 나라를 구한 자만이 발을 디딜 수 있다는 독도.

복 받은 자의 당당한 자세로 독도 땅에 나의 발을 딛는 순간이다. 애국자가 된 기분으로 태극기도 구입해서 등에 꽂는다. 신비로운 독도를 체험한다. 감탄사가 연발하는 순간이다. 자연이 빚어 놓은 경이로운 바위 앞에 새와 짙푸른 바다와 내가 하나 되어 그림 같은 독도의 풍경을 만든다. 애국자가 된 듯이 독도는 우리 땅이라고 외쳐 본다.

잠시 황홀한 시간을 맛보고 다시 울릉도.

미역취나물과 부지깽이나물이 맛나다. 알 수 없는 나물들에 미각이 살아나고 바다 내음에 가라앉은 후각이 살아난다.

비가 내린다. 우울한 여행자가 된 시간이다. 찻집에 앉아 하염없는 마음의 집들을 오가며 시간을 보냈다. 비가 그치고 또다시 배에 오르고 기적 소리와 함께 우리는 집으로 향한다.

07
여행의 후유증

10월 1일에 인천 국제공항에서 출발하여 뉴질랜드로 향했다.

몇 개월 전부터 준비하고 계획했던 여행이었다. 제법 긴 시간의 여행을 준비하면서 탁구를 중단하는 것이 제일 맘에 걸렸었다. 그런데 같이했던 친구와의 불화로 탁구장에 가는 것도 불편한 상황이 되어 심한 스트레스를 겪고 있었기에 힐링이 필요한 시기에 가장 적합한 여행지라고 생각하며 기대를 하고 비행기에 몸을 실었다.

11시간 넘게 걸리는 비행에 밤을 새우고 창밖을 보니, 마침 하늘은 붉은 물감으로 색칠을 해 놓은 듯했다. 옆에 앉은 생면부지의 여인과 함께 감동과 환희의 나락으로 빠져들었다. 색감에 민감한 나지만, 하늘이 보여준 그 붉은색의 아름다움을 어떻게 표현할 수 있을지 두 눈과 머리에 담아 놓은 그 광경이 얼마나 갈 수 있을지 아쉬움이 느껴졌다. 그리고 얼마 후 창밖으로 보이는 풍경은 하얀 설산이었다. 높은 산자락마다 하얗게 덮여 있는 눈을 보니 마음이 설레고 행복했다.

뉴질랜드에 도착하여 입국장에 들어섰다. 그 많은 사람 가운데 하필 우리 부부는 랜덤 검색을 받게 되어 캐리어와 나머지 짐들까지 모두 검사를 받게 되는 상황이 발생했다. 우리 일행과 인솔자는 밖에서 전화 확인까지 해 가며 기다리고 있는데. 지은 죄도 없고 세관에 신고할 항목이나 짐에 부적절한 어떠한 것도 없음에도 식은땀이 나며 불쾌한 생각으로 머리가 아팠다. 검사를 마치고 밖에 나와 보니 우리를 기다리고 있는 버스까지 가기에는 때마침 내리는 비에 캐리어를 끌고 가는 것이 좀 힘들었다. 저만치에서 지켜보던 현지 가이드가 다가와서 캐리어를 받아 끌어 주니 그나마 내 발걸음이 가벼워졌다. 그렇게 여행이 시작되었다. 뉴질랜드에 도착하자마자 짝꿍은 기후 때문인지 자꾸만 목이 따끔거리고 컨디션의 부조화가 느껴진다고 했지만, 나는 그런대로 괜찮게 느껴졌다. 뉴질랜드의 여행은 크게 북섬과 남섬으로 나눌 수 있다.

북섬에서의 여행은 바람, 바다, 유황 냄새, 모래와 계속 만났다. 한국은 가을이지만 이곳은 초봄인데도 불구하고 상당히 날씨 변화가 많고 바람을 동반한 날씨에 자꾸만 옷깃을 세웠다. 여러 곳의 와이너리를 방문했지만 와인에 관심이 없다 보니 별 감흥이 없었다. 마오리족 문화 체험과 전통 방식의 항이 디너, 반딧불 관람, 뉴질랜드 가정집에서의 키위 전통식과 스테이크, 유황에서 풍기는 냄새와 환상적인 연기 등…….

　가는 곳마다 자연의 푸름이 그대로 보존되어 있고, 이곳 뉴질랜드에서 맛보았던 연어는 말 그대로 입 안에서 녹아버리듯 맛있었다. 가이드 말에 의하면 세계에서 유일하게 뱀이 없는 국가라고 한다. 그래서인지 깊은 숲길을 거닐어도 두려운 것이 없었다. 키위는 뉴질랜드산이 유명한데 그것 또한 가이드 말에 의하면 한국의 다래가 물 건너가 키위가 되었다고 한다. 여하튼 뉴질랜드에서는 산해진미를 거의 맛본 것 같았다. 너무도 멋진 풍광이 자리한 곳에서 온갖 해산물과 과일 등 부족함 없는 식사로 배가 불러 못 먹은 것이 더 많았던 곳이다.

　근육통이나 관절염에 좋다는 온천욕도 충분했고 알파카와 양들의 북슬북슬한 털도 가까이서 보고 느끼며 북섬에서의 관광은 내게 감동 또 감동이었다. 퀸스 타운에서 호머 터널을 거쳐 차량으로 4시간 이상을 이동하여 마주하게 된 밀퍼드 사운드는 그동안 쌓여 있던 미진한 인간의 애증 따위를 깨끗하게 씻어 주는 듯했다. 푸른 초원, 낮게 드리워진 짙은 구름, 새하얀 눈, 차갑게 빛나는 빙하수. 이곳은 내가 그림 속 주인공인 듯싶었다.

크루즈를 타고 내내 밀려오던 감동의 순간순간들을 눈과 가슴과 사진에 담았다. 데카포 호수는 빙하 계곡으로 호수의 물이 터키석과 같은 푸른빛과 밀키블루색을 띠고 있는데 너무 아름다워 호수에 누워 보고 싶은 마음이 들었다.

그리고 알프스산맥 중 최고봉이 바로 마운트 쿡이라는데, 마운트 쿡 국립공원 트래킹을 하면서 백설과 높은 산봉우리들을 원 없이 보고 디디며 여행의 설렘을 간직한 최고의 남섬 여행이었다.

　뉴질랜드에서의 마지막 날 들렀던 개인 별장이었는데, 이름이 확
실하게 기억나지는 않는다. 그러나 봄 햇살을 받으며 고요하고 깔
끔하게 단장된 호수와 꽃, 나무가 아름답게 조성된 곳에서 편안한
산책을 하며 그야말로 여유로운 한때를 보낸 것도 참 좋았다.

10일간의 뉴질랜드에서의 일정을 마치고 호주로 향했다.

호주 멜버른에 도착하자마자 기후 변화가 느껴졌다. 따뜻한 봄날이다.

호주 시내 관광은 내게 그저 일정을 따라가는 것이었다. 뭔가 복잡하고 시끄럽고 건축물의 디자인도 나의 감성과는 맞지 않는 듯했다. 세계 각국의 사람들이 모여든다는 시드니는 어수선한 느낌 그 자체였다. 호주에서의 첫날은 역시나 화창하고 따뜻한 날씨 덕에 여행이 순조로웠다.

어쩌다가

그러나 둘째 날부터 날씨가 심상치 않았다. 오트웨이 국립공원에서 100m 이상 자라는 마운틴 에쉬 나무와 300년 이상이 된 나무들은 경이롭기까지 했다. 날씨가 좋지 않아 조심히 걸음을 내디디며 그렇게 시간을 보냈다. 그레이트 오션 로드 관광을 할 때는 심한 바람과 빗방울 때문에 힘든 여정이었다.

그레이트 오션 로드에서 난파선의 슬픈 이야기를 담고 있는 해안과 로크아드 고지를 볼 때부터 바람과 물이 빚어낸 대자연의 신비로운 12사도가 있는 전망대를 워킹하기까지 자연의 위대함을

다시 한번 느끼며 멋진 모습을 사진에 담기 위해 애썼다. 그러나 다음 날 점심 식사 후 식당에서 나오다가 맨홀 뚜껑 위에서 넘어져 뇌진탕을 일으켰다. 속이 울렁거리고 추위가 느껴져 관광을 제대로 할 수가 없었다. 급기야 병원까지 가서 진료를 받고 어수선한 한나절을 보내느라 짝꿍은 관광은커녕 식사도 거르고 말았다.

하필 그날의 저녁 식사는 짝꿍이 좋아하는 호주산 소고기를 먹기로 되어 있었는데 너무 미안했다. 일행 모두가 놀라고 걱정하는 시간을 보냈다. 일행 중 우리 부부보다는 조금 더 나이 들어 보이는 부부 중 한 커플은 시종일관 우리에게 사진을 찍어 주다가 나의 낙상에 대해 심한 걱정을 했다. 그리고 청심환까지 주며 안정 찾기를 진심으로 빌어 주었다. 이들 부부는 두 손 꼭 마주 잡고 화장실까지 동행하는 모습이 아름답고 존경스러울 뿐만 아니라 부럽기 그지없었다. 블루마운틴 국립공원과 야생동물원 등은 거의 돌아보지 못했다.

다음 날, 시드니 시내 관광 일정이 시작되었다. 세계에서 가장 아름다운 건축물 중 하나라는 명성답게 오페라 하우스와 시드니의 하버 브리지가 시드니 항과 함께 보여 주는 조화로운 모습은 아름다움 그 자체였다.

　오페라 하우스 내부 투어 또한 그동안 경험하지 못했던 것을 새롭게 경험했던 소중한 시간이었다. 그 외에 몇 군데 관광지를 방문했고 크루즈에서 정찬을 즐기는 시간도 가졌다. 하지만 이번 여행에서 가장 기억에 남는 것은 내게 맞는 영양제를 구입해 가져와 먹으면서 10개월간 컨디션의 최고조를 경험했던 것이다.

　빗길에 넘어져 머리에 충격을 받아서 귀국하는 비행기 안에서도 진통제를 먹고 잠을 자며 어렵게 여행을 끝내고 돌아왔지만, 한동안 여행의 후유증에 시달리는 느낌은 여전했다.

08
전주에서
딸과의 해후

작년 추석 연휴와 지난 설 연휴에도 서울에서 거주하고 있는 딸은 오지 못했다. 못 본 지도 한참 되어 가고 있다. 유명 배우도 아니고 스케줄이 꽉 차 있는 것도 아니지만 맘대로 움직일 수 없는 것이 무명 배우의 현실인가 보다. 알바도 제대로 못 한단다. 언제 섭외 요청이 들어오고 오디션을 보게 될지 모르기 때문이란다.

어쩌다가 CF 모델, 드라마에 얼굴이 나오고 독립 영화에 출연하다가 근래에 상업 영화 출연도 시작했다. 순수하게 제힘으로 오디션을 통과해서 따낸 결과이니 그나마 기특하다. 딸이 영화 촬영차 전주에서 며칠간 묵게 되었는데, 하루 정도 쉬는 날이 생겼다며 전주 나들이를 할 수 없냐고 연락이 왔고 우리는 다음 날 전주로 향했다. 숙소 근처에서 만나 꽤 유명하다는 맛집으로 가서 양푼 생태탕으로 점심을 먹었다. 4월에 맞는 제철 취나물이 맛나게 무쳐 나왔다. 일회용 장갑과 밀가루 반죽 한 덩어리를 주었다. 수제비를 떠서 생태탕에 넣어 먹으라는 것 같아 나는 장갑을 끼고 수제비를 떠서 냄비에 넣었다. 이를 지켜보던 딸이 추억담 하나를 털어놨다. 언젠가 서울 회식에서 수제비를 먹을 일이 있을 때 딸이 얇게 수제비를 떠서 넣는 걸 보며 사람들이 칭찬을 했다는……

어머니가 수제비는 얇게 떠서 넣어야 맛있다고 했다며 얘기하는 가운데, 어릴 적 잠깐씩 주방에서 나눈 대화를 모두 기억하는 딸에게서 나도 젊은 시절의 주방을 잠깐 떠올렸다. 식사 후 딸이 제안한 카페로 향했다. 「해 달 별」이었나? 나름 예쁘게 꾸며진 인테리어와 전주 시내를 한눈에 내려다 볼 수 있는 전망이 좋았다. 편한 좌석을 선택하여 자리에 앉았다. 가끔 카페 내부를 촬영하는 사람들이 보였고, 우리도 차 한 잔씩 마시며 이야기꽃을 피우기 시작했다. 딸은 같은 영화에 출연하는 여자 배우 SGH가 그렇게 예쁘고 얼굴만 예쁜 것이 아니라 마음도 예쁘다며 칭찬을 아끼지 않았다. 같이 일하는 스태프 가운데 한 명이 일하는 과정에서 오해를 해서 해명하고자 했지만 잘 되지 않아 힘들었다는 얘기도 했다. 그러면서 나쁜 기운은 계속 나쁜 에너지를 만들어 주변과 본인에게 불편한 파장을 주는 것 같다고 얘기할 때, 나도 동감하며 떠오르는 작년의 경험담을 털어났다.

나이 어린 딸이지만 대화를 할 때면 맞장구가 쳐지고 속이 시원한 느낌이 들어서 딸이 대견하고 좋다. 주연급 배우는 이미 개런티가 정해져 있고 스태프들은 노조가 있어 어느 정도의 자율성과 임금을 보장받을 수 있다고 한다. 엑스트라도 그들의 협회가 있어 임금이 보장되지만, 단역 배우들은 어느 곳에서도 보장을 받을 수 없고 출연료 삭감이 많다는 얘기 등 어려운 영화판에서 힘들게 이겨 내며 하나하나 역할을 맡아 나가는 딸이 무한히 안쓰럽기도 하면서 자랑스럽기도 하고 기대도 된다. 기도하는 마음으로 딸이 잘되기를 지켜보기로 한 우리 부부의 마음은 늘 짠하다. 본인이 좋아서 선택한 일이고 행복하다고 지켜봐 달라고 하니 도리가 없는 것이다. 거의 혼자서 식사를 하게 된다는 딸의 말에 그냥 올 수가 없어서 내친김에 저녁까지 같이 먹고 오기로 했다. 저녁까지 시간이 많이 남아 우리는 전주 덕진공원을 한 바퀴 돌았다. 제철이 아니어서 연꽃이 피어 있는 호수를 볼 수 없었고 무슨 공사를 하는지 더러 산만하기도 했던 공원을 한 바퀴 둘러보고 나와서 한옥 마을에서 저녁 식사를 했다. 식사 후 한옥 마을을 산책하며 내가 그토록 찾아 헤매던 주얼리 하나를 발견하여 짝꿍에게 선물을 받고 딸은 실반지를 선택하여 손가락에 끼었다. 어둠이 내려앉고 있었다. 딸을 숙소에 데려다주고 우리 부부는 1년 만에 딸과 해후의 시간을 보내고 광주로 돌아왔다. 여전히 가슴 한구석이 비어 있는 것처럼 느껴지는 감정을 어쩔 수가 없다.

09

여행을 일상처럼,
일상을 여행처럼

5월 4일에 7박 10일 일정으로 그리스로 향했다.

우리가 예약했던 직항 노선이 어렵게 되어 이스탄불에서 환승하여 아테네까지 가야 하는 약간은 불편함을 감수한 여행의 시작이었다.

세계 여러 곳에 대한 설렘과 관심이 많았지만, 이탈리아 여행에서 느낀 바가 큰 우리는 세계 문명이 시작된 그리스가 궁금했으며 산토리니의 푸른 바다, 하얀 집, 파란 지붕을 보고 싶었다. 항공 좌석은 사전 예약이라 비교적 편한 비상구가 있는 곳이어서 불편함은 거의 없었고 11시간의 비행에도 견딜 만했다. 행운이었는지 그나마 옆 좌석까지 비어서 비즈니스 클래스 바로 뒤쪽 좌석임에도 이코노미 클래스 좌석이라는 생각이 들지 않았다. 약간의 돈을 더 지불하고 선택한 좌석은 역시나 값어치가 있었다.

비행기에서 거의 하루를 보내고 아테네에 도착하여 첫날의 여행을 시작했다. 아테네 학당 유명한 철학자들의 동상 앞에서 기념 촬영도 하고 그들의 사상도 간략하게 설명을 듣고 최초의 올림픽이 시작되었던 경기장과 아테네 시내를 쭉 한 바퀴 정도 돌고는 호텔로 이동했다. 그리고 다음 날 일찍 산토리니로 향해 크루즈에 승선해서 4시간 정도를 배를 타고 갔다.

　세계 각국에서 온 많은 사람이 몰려들어 산토리니 항은 붐비기가 이루 말할 수 없었다. 우리를 기다리는 버스도 한참을 벗어난 곳에서 대기하고 있었고, 그곳에서 빠져나오는 데도 많은 시간이 필요했다. 산토리니의 진주라 불리는 유명한 이아 마을을 관광하기 시작하는 시점부터 바람이 좀 심하게 불고 있다는 생각이 들었다. 햇볕은 따갑고 바람은 무섭게 불어 댔다. 에게해의 푸른 바다와 절벽 위의 하얀 집들은 어디로 고개를 돌려도 모두 그림이었다. 거기에 파란색의 지붕은 포인트가 되어 아름다움의 극치였다. 유럽 대다수의 성당이나 교회에 비해 소박한 그리스의 파란 지붕은 화려함과는 거리가 멀지만 나름대로 운치 있는 것이 그리스의 상징물이 분명했다.

아름다움을 눈으로만 볼 수는 없어 사진을 찍으려고 했지만, 너무 바람이 많이 불어서 애로 사항이 많았다. 모자를 두 손으로 잡아야 하고 드러난 목이 햇볕에 노출되어 스카프를 둘렀는데 연신 펄럭거리면서 내 목을 달아나려 했다. 거기다 소지품을 담은 가방을 챙겨 가며 휴대폰을 들고 사진을 찍는 것이 무척 힘들었다. 그렇게 이아 마을을 관광하던 중 우리 집 짝꿍은 거리의 악사에게 유로를 던져 주는 것을 잊지 않았다. 거리의 악사는 내게 같이 기념사진 촬영을 권유했고 몇 컷의 사진을 찍었지만 이상하게도 제대로 나온 것이 하나도 없다. 카페에 들러 아이스크림으로 목도 축이고 뷰가 아름다운 자리에 앉아 많은 사람과 경관을 지켜보면서 약속 시간을 채웠다. 그리고 동화 속 마을처럼 아름다운 카페와 레스토랑이 밀집된 산토리니의 중심가로 출발했다.

오후 늦게 호텔이 있는 피라 마을로 향했는데 바람의 강도가 점점 무섭게 느껴졌다. 호텔을 배정받고 마지막 우리가 묵을 호텔을 찾아가는 과정에 부는 바람은 거의 태풍급 바람이었다. 얇은 원피스를 입은 우리 일행의 젊은 아가씨 속옷 구경을 시켜 주고, 사람을 휘청거리게 하며 눈도 제대로 뜰 수 없게 만들었다. 악조건의 날씨 탓에 환상적인 일몰을 감상할 수 없음이 안타까웠다.

호텔은 작지만 예뻤고 그야말로 절경이 한눈에 보이는 곳에 있었는데 우리 방은 그 중 으뜸이었다. 하지만 태풍 같은 바람은 점점 더 심해지고 가라앉을 것 같지 않았다. 바람 소리와 덜컹거리는 문소리에 쉽게 잠들 수 없는 밤이었다.

가방에서 기다리고 있는 빨간 원피스와 오렌지색 띠를 두른 나의 모자가 출현을 기대하고 있었지만 나오지 못하고 말았다. 순금 언니의 정성으로 만들어진 원피스를 입고 예쁜 사진을 찍어 언니를 기쁘게 해 주려고 했지만 계획처럼 되지 못했다. 날이 밝았지만, 여전히 불어 대는 바람은 멋 부리고자 하는 많은 사람의 기대를 저버렸다. 다행히도 나는 여행에서 옷을 챙겨 입는 것에 대해서는 감각 있게 잘 대처하는 편이다. 아테네에서 이른 아침 배를 타야만 하는 상황이라 바람을 막는 옷을 입었다. 그래서 산토리니에서 부는 바람으로부터 나를 온전히 지킬 수 있었고 얇은 옷을 입고 벌벌 떠는 사람들의 부러운 시선도 느꼈다. 그렇게 붉은 모래와 바위로 유명한 레드 비치에서도 심한 바람에 몸살을 당하며 관광을 하고 나는 위험한 장소까지 가는 것을 기꺼이 포기했다. 평소에 돌부리에 자주 넘어지고 미끄러지는 나를 이번 여행에서는 보호하고 싶었기 때문이다. 지난 호주 여행에서 빗길에 넘어진 뇌진탕 경험은 정말 두 번 다시 기억하고 싶지 않기 때문이다.

　바람이 서서히 잦아들면서 하늘은 그야말로 이것이 하늘색이라
고 보여 주는 것 같았다. 구름은 붓 터치를 해 놓은 듯 살포시 보
여지고, 맑은 하늘은 꽃들과 나무에 연신 사랑의 자양분을 듬뿍
듬뿍 나눠 주는 것 같았다. 오후가 되면서 점차 바람은 가라앉고
예정대로 항공편을 이용하여 다시 아테네로 향했고 그곳에서 또
하룻밤을 묵었다. 다음 날 아침 에게해와 이오니아해를 연결하는
고린도 운하를 직접 보기 위해 크루즈에 올랐다. 지금도 사용하
고 있으며 아시아와 유럽을 잇고 무역업이 성행할 수 있게 하는

중요한 요충지 고린도 운하는 인간의 힘으로 만들었다는 생각이
들지 않을 만큼 위엄 있고 아름다운 운하다. 얼마 가지 않아서 가
슴이 뛰기 시작했다.

　내가 탄 배는 푸른 물결 위로 물보라를 만들며 지나가고, 파란 하늘에서는 밝은 태양 빛이 선명하여 눈이 부시고, 운하와 운하 사이로 하얀 구름은 다리처럼 띠를 형성하여 그야말로 감탄이 절로 나오는 신비롭고 아름다운 장면을 연출해 주었다. 그런데 그 순간의 그 감동을 주는 광경이 오래가지는 않고 시시각각으로 변화해 아름다움을 선사했다. 그렇게 운하 체험을 하고 고린도 유적지로 향했다. 다른 어느 날보다 하늘이 선명하게 아름다운 날이라고 생각되었다. 바람도 심하지 않고 쨍한 햇살, 빨간 양귀비꽃, 노란 민들레가 고즈넉하게 자리 잡고 있는 태양의 신 아폴론 신전은 나에게 또 다른 의미로 다가왔다. 고린도 유적지와 사도 바울에 대한 가이드의 설명은 그날의 날씨와 함께 감동으로 전해졌으며, 가슴속 깊은 곳에서는 더할 나위 없는 여행의 마침표가 찍혔다. 행복했다. 나와 다른 종교지만 일찍이 성경을 접한 적이 있었기에 다시 한번 고린도전서와 후서를 자세히 살펴보고 싶다고 생각하게 되었으며 사도 바울에 대한 존경심도 생겨났다. 그리스 여행에서 다소 불편했던 점은 저녁 식사 시간이 대체로 늦어 식사 후 바로 호텔 방에서 시간을 보내야 하는 것이었다. 또한, 그리스의 대표 음식이며 현지 가이드의 그릭 요거트에 대한 사랑과 집착은 우리도 따라 하지 않을 수 없어 매일 아침과 기회가 닿을 때마다 무조건 많이 먹으려 노력했다. 한국에서는 족히 만 원은 내야 하는 식품들도 골고루 맛보고 길거리에서 2유로를 주고 체리 한 봉지를 사 먹었는데 맛도 좋았고 무엇보다 가격이 맘에 들었다.

고린도에서의 감동이 식기 전에 델포이 신전을 방문한 것은 잘된 일이었다. 신탁으로 유명한 델포이 신전을 둘러보는 것도 재미나고 허구처럼 얘기하는 가이드의 설명도 재미있고 사진을 찍는 것도 좋은데 시간이 부족했다. 우리 일행은 무엇에 관심이 있는 것인지 제대로 둘러보지도 않고 내려가서 우리를 서두르게 했다. 약간의 불만이 생겼다. 지식을 얻기 위해 애써 공부하지 않아도 재미로 알아듣게 되는 여행에서의 현장 체험과 설명은 그야말로 쉬운 공부이며 마음의 양식이 된다. 미처 몰랐던 부분에 대해서는 "그렇구나!"를 외치며 여행의 마지막을 향해 가고 있었다.

    7일 아침에 메테오라로 향했다. 가방에서 잠자고 있던 원피스를 꺼내 입고 카디건을 걸치고 챙이 큰 모자를 들고 멋을 좀 부렸다. 인솔자와 다른 일행들이 나의 모자에 관심을 많이 보였다. 날씨와 옷에 따라 바꿔 쓰는 모자가 그들에게는 평범하지 않았나 보다. '공중에 떠 있는 수도원'이라 불리는 메테오라 또한 절경과 그 위엄이 감동이었다. 우리나라의 유명 사찰들이 높은 산에 자리 잡고 있는 것과 비슷한 양상으로 사람들의 손과 발이 쉽게 닿을 수 없는 높고 험한 곳에 수도원을 짓고 그곳에서 생활하고 노동하며 지내는 것이다. 수도원 내부에서 사실화를 감상하며 설명을 들었는데 나의 종교인 불교와 별반 다를 것이 없다는 것도 알게 되었다.

　여행의 마지막 날 유네스코 세계 문화유산 1호이며 그리스 여행의 마지막 종착역인 파르테논 신전을 둘러보았다. 보수 공사를 하고 있었지만, 세계 각국에서 모인 여행객들로 붐비고 있었다.

　파르테논 신전이 재조명되고 있는 사실과 의미가 그리스어로 "아레떼", 즉 탁월함 때문이라고 한다. 난 개인적으로 남녀평등 사상 같은 것에 민감하지 않은 사람이다. 하지만 그리스가 남성 위주의 민주주의로 약자와 여자를 배려하지 못한 민주주의였기 때문에 제대로 된 민주주의를 꽃피우지 못했다는 사실이 안타까웠으며, 여사제들이 무거운 기둥을 머리에 올리고 있는 조각품의 신전을 보는 것은 내 마음에 상당한 울림을 주는 계기가 되었다.

　점심 식사 후 포세이돈 신전을 마지막으로 여행 일정이 마무리 되어 간다. 버스에서 아름다운 해변을 끼고 달리며 바다의 신 포세이돈에 얽힌 신화를 들으며 수니온 곳으로 가는 시간도 참 설렜다. 한여름도 아니지만 많은 사람이 여유롭게 해수욕을 즐기는 모습과 맑은 햇살에 보석처럼 빛나 보이는 바다. 신들의 세상 그리스에서 많은 이야기를 듣고 감동을 하며 바다의 특별함을 안고 그곳에서 아주 맘에 드는 사진 한 컷을 남겼다. 아테네 시내에서 쇼핑으로 바쁘게 일정을 마무리하고 호텔로 이동 후 숙박. 다음 날 공항으로. 무사히 그리고 기쁘게 여행에서 일상으로 돌아왔다.

　여행을 일상처럼 일상을 여행처럼⋯⋯.

10
변화하는
모든 것

코로나19의 장기화로 모든 것이 바뀌어 가고 있다. 이제 사람들은 마스크를 항상 휴대하고 착용하는 것을 잊지 않으며, 많은 인파가 몰리는 곳은 기피하며 자신을 지키는 노력을 하는 것 같다.

9월의 하늘은 그야말로 하늘색이며 하얀 구름은 수를 놓고 공기는 상쾌해서 가슴을 시원하게 해 주는 것 같다. 그런데 마스크를 착용해야 하는 불편함이 맑은 공기를 마음껏 마실 수 없게 해서 안타까울 뿐이다. 어릴 적 보았던 하늘이며 유럽에서 보았던 하늘을 이 땅, 이곳에서 볼 수 있어 행복하다. 심각한 코로나19 상황이 어느 정도 수그러들면서 탁구장도 오픈하여 운동을 다시 시작했다. 그토록 재미있다고 생각한 탁구가 여러 가지 이유로 하기 싫어지는 요즘이다. 그렇게 갈등하면서 오후 시간을 잠깐씩이나마 보내고 집에 와서 저녁을 준비하여 먹고 하루를 정리하는 시간을 보낸다. 그렇게 아름다운 9월을 보내고 10월이 되었다.

공기부터 달라졌다. 아침저녁으로 싸한 공기가 춥다는 생각이다. 쨍하게 빛나는 가을 햇살이 좋다. 얼마 전에는 하동 송림공원과 인근 하동포구를 경유하여 북촌 레일바이크 체험을 하고 왔다. 송림공원에 도착하여 발을 딛는 순간부터 감탄이 절로 나왔다.

커다란 적송들이 날씬하게 쭉쭉 뻗어 내려 숲을 이루고 있는 그곳은 적당한 그늘막이 생겨 부담스러운 햇빛은 가려 주고 있었다. 앞쪽으로는 섬진강의 모래와 강물이 산과 어우러져 그림 같은 정취를 풍기며, 산책하는 사람들의 여유가 느껴져서 정말 편안하고 아름다웠다.

대나무를 긴 안락의자처럼 통으로 설치해 놓고 쉴 수 있도록 한 것이며 강변을 볼 수 있도록 벤치가 군데군데 놓여 있어 무엇 하나 불편함이 없어 보였다. 아침에 산책을 나온 인근 주민들이 부러웠다. 북촌에서는 가격 저렴하고 맛있는 갈비탕이 모두에게 만족이었다. 메밀밭과 코스모스가 여기저기서 손을 내미는 아름다운 풍경이다. 왕복 1시간 정도의 풍경열차와 레일바이크도 나름 재미있었다. 하동포구에서 가을의 정취를 다시 한번 느끼며 오빠의 섬세한 사전 답사와 오늘의 준비를 위해 애써 주심에 감사패를 대신해 박수를 보냈다. 같이 하지 못한 형제들이 생각나 못내 아쉬웠지만 진정한 힐링의 시간을 마무리하며 돌아왔다.

그 어느 것 하나도 항상 변하지 않는 것은 없다. 시간에 쫓기며 분주하거나 혹은 무료하거나 그러면서 하루는 가고 세월은 흐르면서 반복된 일상을 영위하는 것 같지만 항상 똑같을 수 없는 것이 삶인 것 같다. 변화하는 자연을 보며 나 자신의 초라해지는 외모와 내면의 아름다움을 추구하고자 했던 욕망의 실타래가 끊어진 것을 보면서도 변하는 모든 것을 받아들인다.

11
제주의 푸른 바다,
붉어지는 얼굴

　장기화된 코로나19로 여행이 어렵게 된 지 꽤 되어 버린 지금이다. 해외여행은 꿈도 못 꿀 상황이어서 바람이나 쐬자고 계획한 여행이 제주 여행이었다. 좀 더 좋은 조건으로 편한 여행을 생각했지만, 모든 상황이 계획대로 되지 못했으며 많은 것을 생각하게 하는 여행이었던 것 같다.

　우리 부부는 패키지여행을 즐기는 편이라 패키지 상품의 장단점을 잘 알고 있다. 그런데도 어떤 경우는 심할 정도로 상품 판매에 많은 시간을 할애하고, 가이드의 역량에 따라 여행의 질이 상당히 많은 부분을 좌우하는 것이 안타깝게 느껴질 때가 더러 있다. 가이드의 열띤 홍보에 일조하듯이 제주 기념품 가게에서 나또한 가방 하나를 데려오고 말았다.

　이번 여행도 예외는 아니어서 보고 즐기는 시간보다 상품 홍보에 동원된 시간이 더 많았던 것이 못내 속상하고 안타까운 마음이다. 차라리 우리 부부만 갔더라면 모든 상황을 바꿀 수도 있었을 것 같지만 뒤늦은 생각은 상황을 바꿀 수 없기에 여러 가지로 좀 힘든 여행이 된 것 같다. 하지만 둘째 날의 날씨는 그야말로 선물같이 좋아서 여행의 재미를 더해 주어 다행이고 좋았다. 쾌

청한 날씨 덕에 한라산이 눈앞에 있는 것처럼 보였다. 카멜리아 동백 숲에서는 억새와 핑크뮬리가 보란 듯이 쓰러지고 일렁이며 붉은 동백, 파란 하늘과 구름 아래 한라산의 모습이 그림이고 사진이 아니면 무엇일까 생각하며 그 앞에서 사진 한 컷을 건졌다. 서귀포 유람선을 승선하면서부터 보이는 푸른 바다와 주상절리의 신비한 모습도 놓치고 싶지 않았다. 동행한 언니와 올케를 좀 더 케어하고 즐겁게 해 주지 못한 게 걸려 마음 한구석이 시리고 아프다.

코로나19로 상황은 좋지 못하지만 여행객들은 마냥 즐기기에 바쁘고 여행사는 수익을 올리느라 거리 두기는 신경도 안 쓴다. 가이드는 마스크도 안 쓰고 마이크에 이야기를 해 대며 침을 튀기고 모든 것이 엉망이다. 버스 안에서도 무슨 할 얘기들이 그리 많은지 쉴 새 없이 목청을 올린다. 무모한 여행을 계획한 것이 분명하다. 이것도 경험이라고 생각하며 자신을 달래 본다.

광주로 오는 마지막 날은 정말 최악이었다. 조그만 승합차에 캐리어와 관광객 6명이 바짝 붙어 짐짝처럼 운반되는 느낌이었다. 그렇게 공항에 도착해서 보니 공항은 많은 인파로 소란하고 더위가 느껴졌다. 코로나19 사태 전의 인천 국제공항 모습을 보는 것만 같았다. '사람들은 이렇게 사는구나~'라고 생각하면서…….

골프 가방을 옮기느라 바쁜 사람들과 멋을 부린 여인들과 선물 꾸러미 사이에서 술 냄새를 풍기는 남자들과 울어 대는 아이들로 혼잡한 공항 안은 전쟁터를 보는 것 같았다.

비행기에 탑승하고 얼마 지나지 않아 칭얼대기 시작하더니 고성으로 울음을 터뜨린 한 아이로 인해 비행기 안은 그야말로 소음이 끊이지 않았다. 날씨와 번잡함으로 이륙이 지체되었지만, 기장의 능란한 솜씨 덕인지 이른 시간에 도착할 수 있었고 착륙하였는지도 모르게 부드러운 솜씨로 우리를 인도했다. 많은 승객은 기내에 둔 물건을 챙기며 줄을 서서 기다리고 배려하는데 뒤쪽 어디에선가 늙은 남자들의 목소리가 들려왔다. 선반에서 캐리어를 꺼내고 있는 사람들을 향해서 "돈을 들고 다녀야지! 가방을 들고 다니면서 힘들게 하냐~"라고 하면서 자기 일행끼리 연신 뭐라고 하는데 듣고 있는 나와 언니의 눈이 마주쳤다. 언니가 내게 한마디 했다. "그렇게 돈이 많으면 전세기 타고 다니지……." 사이다 같은 발언에 "맞아, 맞아."라고 하면서 맞장구를 쳤다. 미안한 말이지만 정말 무식하고 경우 없는 남자들인 것 같았다. 어쩌다가 돈 좀 만지게 된 것이 그렇게 큰 자랑거리인가? 누가 돈이 얼마나 많은지 그 자리에서 내놓고 가늠해 보면 어떨까 생각하게 되는…….

사람마다 상황과 경우가 달라서 수화물에 넣지 못한 짐을 보고 그리 표현한 그 못된 남자들이 내 여행의 마지막을 더욱 우울하게 했으며 듣지 못했어도 당사자들을 대신해 내가 마음으로 항변했다.

12

겨울 바다

하얀 눈꽃 세상이 새해를 맞이한다. 추위와 코로나19가 자유로운 일상을 옭아맨다.

지난 크리스마스도 연휴가 금, 토, 일, 삼 일이었는데 이번 새해 연휴도 상황이 똑같다. 삼 일을 집에서 보내기는 뭔가 아쉽다고 생각하며 시간을 보내고 있었다. 호남과 충청 지역에 폭설과 한파가 들이닥쳤지만, 1월 2일부터는 눈발도 그치고 도로 위의 눈도 녹아내려 우리 부부는 타 지역으로 눈 구경 삼아 드라이브에 나섰다. 고창의 풍천 장어도 먹고 바다 구경도 하자고 나선 길이었다. 가끔 가는 곳이었지만 그사이 또 새로운 길이 생겼다. 그 길에서 그동안 보지 못했던 눈에 띄는 바위와 설경이 어우러진 산과 들을 보면서 한 시간 넘게 달려 고창에 도착했다.

지난번 죽염을 구매하고자 방문한 곳이었는데, 주인들은 자리를 비우고 듬직하게 생긴 개 한 마리만 연신 짖어 대며 조용한 산자락을 울리고 있었다. 눈 쌓인 비탈길을 조심히 오르내리는 길에 앞으로 탁 트인 시야 사이로 바다의 풍광이 시원했다. 산들이 병풍처럼 둘러싸인 곳에 있는 이곳의 전망이 참으로 좋다고 생각하면서 아쉽게 빈손으로 내려와 식당을 찾았다. 그곳은 주문 자체가 없다. 무조건 장어구이 1kg이 기본이다. 숯불에서 노릇노릇

구워지는 장어를 지켜보고 있는 동안 난로 위에서 은근하게 속을 익힌 군고구마 한 개를 먹어 본다. 맛있어서 놓고 싶지 않아 종이 컵에 남은 군고구마를 담아 놓는다. 그리고 겉은 바삭하고 속은 촉촉하고 부드러우면서 고소한 장어를 채소와 함께 먹으며 만족한 표정을 그에게 몇 번씩 보냈다. 남은 것은 포장을 부탁하고 후식 바지락칼국수를 주문해서 먹었다. 유난히 시원하고 칼칼한 맛으로 개운하게 속을 확 풀어 주는 맛이었다. 맛나고 기분 좋게 점심을 마무리하고 동호해수욕장을 찾았다. 차에서 내리자마자 바람과 추위가 우리를 맞이했다. 짝꿍은 연신 머리가 시리다며 목과 머리를 어찌할 줄 몰라 하여 할 수 없이 내가 착용하고 있던 귀까지 덮을 수 있는 모자를 벗어 그에게 씌워 주었다. 그리고 나는 옷에 부착된 털 달린 모자로 나의 머리를 눌러 덮었다.

겨울 바다지만 제법 사람들이 많았다. 바람만 부는 추운 겨울 바다지만 가슴을 시원하게 만들어 주는 자연의 힘이 느껴진다.

작은 나의 모자를 눌러쓴 그가 다소 우스꽝스러워 우리 둘은 서로 웃으며 사진을 찍고, 딸에게 사진 전송을 해 주었다.

그리고 구시포로 향했다. 많은 식당이 있었지만 우리는 이미 맛난 점심을 먹은 직후라 그 어떤 것도 관심 가는 메뉴가 없었다. 다시 한번 모래사장을 걸어 볼까 생각하다가 화장실 생각도 나고 해서 짝꿍이 주차하는 사이 난 먼저 내려 공중화장실을 찾았다. 앞의 어떤 여자분을 따라 생각 없이 가는 길이었다. 갑자기 쿵 하며 미끄러지는 소리가 났다. 내가 뒤로 미끄러지면서 머리가 땅에 부딪히며 나는 소리였던 것이다. 사람들이 놀라서 가던 길을 멈추고 나를 주시했다. 나는 머리가 아프다고 생각하면서도 재빨리 일어났다. 옷에 묻은 흙과 눈을 털면서. "괜찮으세요?" 어떤 남자분의 목소리에 "예~"라고 하며 주위를 살폈다.

저만치서 놀란 표정의 그가 다가오고 있었다. 그렇게 조심하라고 했건만 기어코 또 넘어졌냐며 안타까운 채찍을 가했다. 집에 도착하면 제일 먼저 머리 보호대를 검색하고 사서 씌우고 다녀야겠다는 그의 말에 아픈 것도 부끄러운 것도 잠시 잊고 웃을 수밖에 없었다. 몇 년 전 호주 여행에서 빗길에 넘어져 병원까지 찾았던 기억과 함께 '머리가 멍해지는 느낌은 그냥 느낌인 것일까.'라는 생각이 든다.

조금 안정된 시간을 갖고 싶어 카페를 찾았다. 전망 좋은 곳인데 안타깝게도 테이크아웃만 가능했다. 우리는 커피 한 잔만 사서 바람이 덜 부는 곳에 서서 커피를 마시며 몇 가지 이야기를 나누었다. 코로나19의 방역 대책으로 낭만도 멋도 누릴 수 없는 상황이 아쉽고 불편하기 그지없다.

바람은 불어 대고 머리도 다치고 기분이 저조해지는 상황이다. 우리는 다시 자동차에 올랐다. 음력 정월은 아니지만, 정초부터 넘어지고 구매하고자 했던 죽염은 구매하지 못한 채 집으로 돌아오면서 뭐 하나 작은 것도 마음먹은 대로 할 수 없는 것이 인생이라고 느꼈다. 신축년을 조심히 잘 보내는 방법을 생각하게 하는 여행이었다.

13

꽃샘추위

 설 연휴 기간에는 정말 봄인 것만 같았다. 포근한 날씨에 가벼운 옷을 입고 다니기 딱 좋은 날이었다. 연휴 마지막 날 구례 화엄사를 찾았다. 오랜만에 찾은 사찰은 많은 변화가 있었다. 내 기억 속의 화엄사는 계곡과 숲길을 한참 동안 걸어야 했는데 자동차에서 내리자마자 주차장에서 얼마 지나지 않아 사찰 내부가 한눈에 들어왔다. 생각보다 많은 관광객이 보였다.

 우리 부부는 우선 대웅전으로 가서 참배를 하고 이곳저곳을 둘러보았다. 삼백 년 고목의 홍매화를 볼 수 있을까 하고 찾았지만 철 이른 생각이었다. 그곳의 매화는 아직 꽃망울 자체도 보이지 않은 채 고즈넉하게 찾는 이의 발걸음을 무색하게 했다. 우리 집에서 작은 꽃이나마 매화꽃의 고고함과 향기를 구경하였으므로 산수유라도 보고 싶은 마음에 산이마을을 찾았다.

 약간의 흐린 날씨와 미세 먼지까지 더하여 관광 날씨로는 하위점이다. 동네 초입에 들어섰지만 노란색 산수유는 그다지 눈에 띄지 않았다. 우리는 자동차에서 내려 조용한 마을의 정적을 깨는 개 짖는 소리를 들으며 계곡을 끼고 산책을 했다.

 삼월이면 마을 전체가 노란색으로 물들어 있고 관광객도 많았을 테지만, 코로나19로 인해 외부 접촉을 자제하다 보니 관광객이 눈에 띄지 않았다. 성격 급한 나무들에서는 가끔 꽃봉오리가 보였다. 이제 막 세상에 봄 인사를 나눌 준비를 하는 모습이다.

고개를 내민 무리 중 내 눈에 들어오는 몇 나무를 선택하여 사진을 찍기 시작했다. 작년에 맺은 빨간 산수유가 떨어지지 않고 새로운 노란 꽃봉오리와 어울려 있는 것이 환상적이었다. 나름 멋진 모습의 사진을 남기는 데 성공했다. 더 이상의 사진 욕심이 생기지 않을 정도로 만족스러운 사진이다. 만개한 산수유와 떠들썩한 사람들의 소리와 화창한 햇살이 함께하지 못한 대신에 나름의 봄과 겨울이 공존하는 여유롭고 한가로운 산이마을의 또 다른 풍경을 만끽했다. 계곡을 빠져나오는 길에 "예뻐~"라고 하는 소리가 들려 고개를 돌려 보니 저쪽 어디에선가 우리 또래의 부부가 아내의 모습을 사진에 담으며 하는 소리였다. 정다운 부부의 모습을 보며 내가 기뻤다. 그렇게 따뜻한 날씨가 이어지고 있었다. 그런데 지금 창밖에는 눈보라가 휘날린다.

한겨울보다 더욱 한겨울 같은 모습으로 바람에 하얀 눈이 어지럽게 갈 길을 찾지 못하는 꽃잎처럼 떨어진다. 세찬 바람과 눈보라에 우리 집 매화꽃은 힘을 잃고 낙화했다. 엊그제 피어 있던 동백꽃이 생각났다. 생기는 잃었지만 하얀 눈 속에서 빨간 꽃봉오리를 간직한 그 모습이 애처롭게 아름답다. 혹독한 꽃샘추위다. 정말로 꽃이 피는 것을 시샘하는 추위다. 이 혹독한 꽃샘추위를 견디고 피어나는 봄꽃들이 얼마나 아름다운 모습으로 또 내 마음에 와닿아 나의 감성을 자극하고 사랑의 씨앗을 뿌릴 것인지 가슴 설레며 봄을 기다린다.

14
내 마음속
여행지

내가 좋아하고 마음속으로 항상 동경하고

가고 싶은 나라 아이슬란드

뜨거움과 차가움을 동시에 품은 나라

하얀 설국과 푸른 초원

환상적인 오로라와 몸과 눈이 시원한 블루 라군 등

내 생애에 꼭 가 보고 싶지만

아직 한 번도 가 보지 못한 나라

가고 싶다. 아이슬란드 여행, 떠나고 싶다.

제4장

일
상

평범하지만 소중한 것이 일상이다.
익숙함 때문에 자칫 놓칠 수 있는 것이
일상을 맞이하는 것이다.

힘들고 때론 지쳐
세상과 이별하고 싶을 때도 있지만
그래도 죽고 싶은 사람보다는
이 세상을 살고 싶은 사람이 훨씬 많은 곳

살고 싶은 이 세상에서
맞이하자! 일상을~
누려 보자! 일상을~
꾸며 보자! 일상을~
감사하자! 일상을~

01
일상이 주는
행복

    일상을 그대로 누릴 수 있는 것도 행복이다. 평범한 일상이 지속되고 영위된다는 것은 일상을 누리는 행복이다. 여느 때처럼 일어나 아침을 준비하고 청소를 한다. 차 한 잔을 앞에 두고 음악을 들으면서 가슴을 적시거나 창밖의 산이 변화해 가는 풍경과 새소리 등을 들으면서 좋다고 느껴지는 그 순간들이 행복하다고 생각한다. 감사의 눈물을 흘리던 그 시간, 내게 하찮은 것만 같은 그 순간들이 새삼 일상으로 함께했던 것에 감사하는 소중한 시간이었다. 잔잔한 기쁨과 감사함이 날갯짓하는 행복의 시간.

    암 선고를 받은 지 일 년이 지나고 2차 항암 치료를 기다리던 즈음이었던 것 같다. 지금 창밖에는 또다시 눈이 내리기 시작했다. 내 일상에 조그만 변화가 시작되었다. 혼자는 절대 산에 오르지 않았고, 혼자 산에 가는 것을 반대했던 내가 지금은 혼자서 산을 오르내린다. 온몸과 마음으로 산의 기운과 땅의 기운, 나무의 기운, 떨어진 편백나무 잎, 솔잎 등에서 느껴지는 향기와 소리 등을 듣고 보고 감동하며 그렇게 일주일이면 3~4일은 산에 간다.

    누가 봐도 암 환자의 그림자는 보이지 않는다. 아직 다 길지 않은 머리만이 흔적이랄까? 그나마도 뒤집어쓴 두건과 모자에 가려져 오히려 전문 산악인 같다고들 하니 재미있는 사실이다. 12월의 초입인데 하얀 눈이 나무와 장독대를 덮어 정말 아름답다. 잠깐씩 보이는 햇살이 아까워 재활용 쓰레기를 버리고 오는 길에 계단을 이용해 15층까지 올라왔다. 예전 같으면 가쁜 숨을 몰아쉬며 힘들어했겠지만, 지금은 다리가 약간 뻐근할 뿐 상쾌한 기분이다. 암세포가 가장 좋아한다는 무산소의 상태를 만들지 않기 위해 꾸준히 노력해야만 한다. 다시는 그 절망적인 상태로 돌아가고 싶지 않음이다. 항암 치료 중에 먹기 싫던 음식이 다시 입맛을 제대로 찾아서 이제는 가끔 군것질거리도 찾게 되고, 무료함도 살짝 느끼는 걸 보니 정상인의 생활을 되찾고 있음이 분명하다.

새로운 한 해가 시작되었다. 1년 전과는 모든 것이 달라져 있다. 감사함과 겸손함으로 한 해를 맞이하고 보내도록 노력해야만 할 것이다. 온갖 꽃들이 자태를 자랑하며 고개를 내미는 4월이다. 나는 우리 집 짝꿍을 만나기 전까지는 이러한 자연의 현상에 대해 깊은 관찰을 하지 않고 자연의 흐름을 모르고 살았었다. 그러다가 가슴 따뜻하고 여유로운 짝꿍을 만난 후부터 내 눈과 귀와 코와 피부로 느껴지는 자연의 색과 향기가 사람을 매혹하며 행복하게 하는 것을 깨닫고 매번 놀라고는 한다.

집 앞의 동산에도 골목길에도 연분홍 벚꽃들이 화사하게 피어나서 눈에 호사로움을 주는가 싶었는데, 때마침 내리는 비에 바닥은 꽃물결을 이루며 낙화의 서러움을 표현하는 것만 같다. 촉촉한 이 아침에 들려오는 쇼팽의 「빗방울 전주곡」 또한 머리와 가슴에 행복한 방울방울이 되어 살아 있음에 감사하게 된다.

02

유월

    황사와 미세 먼지가 어느 정도 물러가고 나는 다시 산을 찾기 시작했다. 푸른 신록의 오월도 가고 유월에는 가뭄이 심각해서 그토록 아름답게 느껴지던 산을 휘감던 저수지의 물이 말라 바닥을 드러내고 있었다. 갈라진 바닥에 가끔 보이는 민물고기의 어종인 가물치가 힘겨워 보여서 가슴이 아팠다. 혼자 갈 때도 있고, 친구와 동행일 때도 있고, 나름 좋은 점은 있었다.

    그러다가 탁구장을 동네에서 발견하고 유월 중순부터 등록해서 그토록 하고 싶던 탁구 레슨을 받기 시작했다. 항암 치료 당시 요양원에서 지내며 라켓을 처음 들고 공을 주고받던 느낌과는 사뭇 다른 느낌이다. 무엇이나 마찬가지겠지만 이 또한 생각처럼 쉬운 것이 아니고 나름 하는 사람마다 각기 포즈와 방식이 많이 달라서 혼돈과 스트레스를 겪기도 했다. 그렇지만 분명한 것은 재미가 있고, 충분한 땀을 흘려서 하고 나면 기분과 몸이 좋아지는 것이 느껴져 좋았다. 요가와 등산, 탁구를 병행하며 열심히 운동을 하다 보니 너무 열심히 했는지 간 수치가 너무 높게 나왔다.

    요가를 하는 곳에서 자꾸 불편함이 느껴져 좀 쉬어야 할 것도 같아서 그만두고 재미있는 탁구와 등산만 할 예정이다.

탁구를 시작한 지 10개월이 되어 간다. 꾸준한 레슨과 노력으로 조금씩 변화해 가는 폼과 향상해 가는 실력, 재미가 함께한다. 하지만 혼자 하는 운동이 아니다 보니 항상 누군가와 함께해야 한다는 부담만 없으면 참으로 좋은 운동이며 취미이다. 시작 즈음에 같이 했던 언니가 무릎 관절 이상으로 탁구장을 나오지 못하게 되면서 탁구장에 가는 것이 그다지 즐겁지 않은 것도 사실이다. 실력과 인성이 나를 편하게 해 주고 항상 나를 챙겨 주던 언니여서 더욱 그 자리가 크고 그립다.

일주일에 5일 이상은 탁구장에 간다. 오후 3시에서 5시 30분 정도는 그곳에 머무르다 보니 또 불편한 일이 생겼다. 나처럼 솔직한 사람이 비밀 아닌 비밀을 간직한 채 건강한 사람인 듯 생활하다 보니 그곳의 사람들은 내가 다소 비정하다 느낄지 모르겠다. 원래도 건강한 편이 아닌 데다 투병 직후의 나는 더욱더 이해심과 배려가 부족하여 타인에게 나라는 존재를 희생해 가면서 그들을 위하고 싶은 마음이 들지 않기 때문이다.

넷이서 하는 복식 게임을 하다 보면 두 명이 한 조가 된다. 서로 어느 정도의 실력과 조화가 이루어졌을 때 원활하고 재미있는 경기가 되지만, 어느 한 명의 실력이 너무 부족하면 나머지 한 명의 실력이 뛰어나도 승리하기 어려운 게임이 되는 것이다. 그러다 보면 재미로 하는 경기인데 계속 패하는 팀은 재미가 없어지는 것이다. 몇 번의 경기를 통해서 상대의 표정을 읽게 되고 난 이후로 상대의 마음을 헤아리게 되었다. 그래서 특히나 건강을 챙겨야 하는 분들이나 내가 맘을 가지고 대하는 분들이 너무 재미없는 경기가 되지 않기를 바라는 마음에서 가끔은 상대의 기분이 좋아지도록 유도하는 공을 주기도 한다. 그러나 그들은 그런 사실을 모를 것이라고 생각한다.

　서로가 기분 좋게 웃을 수 있는 경기가 됐으면 한다. 탁구는 노력한 만큼 바로 향상되지는 않는 것 같다. 탁구 초보인 내가 나보다 더 못하는 상대를 배려하기가 쉽지 않다.

03
검진 날

   6개월 만에 한 번씩 정기 검진을 받으러 서울 아산병원에 간다. 오늘은 X-ray 2가지와 채혈을 했다. 초음파를 하지 않아서 섭섭함과 불안한 마음도 있었다. 대기실에 앉아 있을 때 이동식 베드에 실려 초음파실로 들어가는 한 여인을 보았다. 그녀의 눈에서 불빛에 반짝거리듯 흘러내리는 눈물을 보았다. 3년 전의 내가 생각났다. 나도 저 여인처럼 그렇게 눈물을 흘리며 그곳에 있었다. 그때의 그 절박함과 슬픔은 당해 보지 않은 사람은 모르리라.

   가까이 있었다면, 아니 조금의 시간이 허락된다면 그녀에게 위로의 말을 건네고 격려를 해 주고 싶었다. 웃으면서 시간을 보내고는 있으나 마음 한구석에서 불안이 떠나지 않는다. 다음 주까지 결과를 기다리고 또 서울까지 와야 하는 번거로움과 답답함이 날씨와 함께 내겐 더위 그 자체인 것 같다. 주변에서 암 환자들이 어디로 전이가 되었다느니 재발이 돼서 고통을 받고 있다느니 하는 얘기가 머릿속에서 떠나질 않고 있다.

   일상에서 필요한 것들을 구매하다가도 내가 또다시 아파서 병원 신세를 지면 이런 모든 것이 무슨 필요가 있나 싶기도 하고 내 짝꿍은 어떻게 살까 하는 걱정과 연민에 가슴이 답답해 온다. 별일 없겠지 생각하면서도 가슴이 두근거리는 것을 떨쳐 버릴 수가 없다.

기침이 나면 폐에 이상이 생긴 걸까 생각하고 소화가 안 되면 위에 이상이 생긴 걸까 생각하고 허리가 아프면 뼈에 이상이 생긴 걸까 생각하고 등이나 어깨가 아프면 재발인가 싶고. 아~ 답답하다. 일주일을 어찌 보내나? 그러나 내색 없이 사람들을 만나고 생활해야겠지.

법정 스님의 글에서 보았던 한 구절이 새삼 떠오른다.

"오늘 나의 취미는 끝없는 인내. 끝없는 인내다."

취미처럼 인내하던 법정 스님의 한 부분이라도 빌어서 오늘 내가 처한 이 상황을 아무렇지 않게 넘기고 건강한 사람으로 거듭날 날을 기다리자. 오늘 나의 취미는 기다림이다.

일주일 후 좋은 결과를 기다리며 두근거리는 가슴을 진정하고 진료실에 들어가서 들은 이야기는 너무 실망스러웠다. 1년 후에나 보자는 말을 기대했지만, 뜻밖에 검사가 제대로 되지 않아서 X-ray 촬영을 다시 해야 한다는 것이었다. 또 일주일을 찝찝한 마음으로 지내야 할 것을 생각하니 너무도 우울해졌다.

요즘 들어 등이 아픈 것이 또 뭐가 잘못되었나 하는 생각이 들고 계획을 세워서 해야 할 일을 할 수가 없다. 불안한 마음에 하루를 보내는 것이 얼마나 힘이 드는지. 목요일 오후 4시 전후로 전화 연락을 해 준다고 했으니 그나마 서울까지 오고 가는 번거로움은 피해서 짝꿍에게 그나마 덜 미안한 마음도 들었다. 그리고 일주일 후 목요일 오후가 되어 휴대폰에 촉각을 세우고 있을 때, 4시가 조금 넘어 벨이 울렸다.

"김담희 님이세요? 여기 아산병원입니다."

김성배 박사님의 음성이었다.

"예, 전데요."

"정상입니다."

"감사합니다. 감사합니다."

갑자기 몸이 가벼워졌다. 그 순간부터 탁구장에서의 내 몸은 깃털처럼 가볍게 느껴졌다. 아~ 다행이다. 조금만 더 힘내서 6개월만 더 열심히 관리하면 그나마 위험한 상황은 피해 갈 수 있다니 더 열심히 더 열심히…….

감사합니다. 모두 감사합니다.

04
탁구장

집에서 3분 정도의 거리에 탁구장이 있어서 참으로 좋았다. 무엇보다도 거리가 가까운 관계로 부담 없이 아무 때고 방문해서 운동을 할 수 있음에 감사했다. 그런데 2년 2개월 만에 폐업을 선언하고 문을 닫아 버렸다. 그동안 운동하면서 만난 많은 사람이 좋은 인연으로 다가오지 못하고 냉정하게 떠났고, 몇몇 사람은 서운함을 남기고 떠났다. 개인 사정으로 운동을 꾸준히 할 수 없어서 떠난 두 사람은 내가 좋아했던 언니들이었는데 인연이 계속 이어지지 못해 아쉬움으로 남는다.

나의 권유로 짝꿍도 탁구를 시작했고 2개월 정도 나랑 같이 열심히 하다 보니 실력이 일취월장으로 발전하는 모습에 모두 칭찬을 했다. 동네에서 15~20분 정도의 거리에 광주에서 제법 큰 규모와 시설을 갖춘 탁구장이 있다. 그곳에 등록하고 다닌 지도 꽤 된 것 같다. 오전반은 그야말로 초보자 수준의 회원들이고 오후반은 너무 잘하는 프로급의 회원들이 있다 보니 나는 어느 곳에도 맞지 않아 게임 한번 해 보지 못하고 집에 오는 경우가 대다수다. 그러다 보니 재미도 없고 오후반의 분위기는 너무 산만해서 정신 집중도 안 되고 나와는 맞지 않는 것 같다. 갈등 속에서 계속 탁구를 하고는 있지만, 정이 안 가는 그곳에서 익숙해지기 위해서는 내가 실력이 향상되는 길 밖에는 없는 것 같다.

그런데 탁구라는 것이 그리 만만하고 쉬운 운동이 아니다. 머리로 되는 것도 아니고 힘만으로 되는 것도 아니고 스윙도 신경을 써야 하고 순발력도 있어야 하고…….

나의 문제는 연속성이 없는 것과 공격 자세가 제때 나오지 못하는 것 같다. 조급하게 생각하지 않고 지금까지 해 왔지만 약간의 회의가 드는 요즘이다. 동네의 작은 탁구장에 다녀간 실력 있는 사람들이 그립다. 아낌없이 가르쳐 주고 같이 해줬던 그들에게 새삼 감사한 마음도 든다. 그때는 모두를 받아들일 여력이 없어서 놓친 많은 것이 너무도 아쉽다.

세상을 살아가면서 내가 가장 실감하는 부분은 모든 것이 다 좋거나 나쁘지 않다는 것이다. 갈등 속에서 어렵게 탁구장을 다시 선택하여 옮겨 다닌 지 제법 되었다. 처음에는 나름 좋은 점이 많아 보였다. 갈수록 이곳 탁구장은 나의 운동 결심을 흔들리게 했고, 탁구를 하면서부터 자존심이 상하는 경우를 많이 경험했다. 작은 공으로 하다 보니 사람마다 공을 대하는 태도가 다르고 스윙도 제각각에 전부가 선생이다. 조금만 자신보다 못한다 싶으면 여지없이 잔소리와 가르치려고 하는 사람들이 대다수다. 그렇다고 가르침을 줄 만큼의 실력을 갖추고 있는 것도 아니면서. 그런데도 상대에게 지적질과 잔소리로 자존심을 건드리고 얼굴을 빨갛게 물들이기까지 하는 사람들을 볼 때면 지켜보는 내가 속상하다. 무조건 세게만 때려 치려는 사람과 비틀어 높게 띄우려는 사람, 가지각색의 사람 모두 자기가 잘한다고 착각하면서 하는 듯싶다. 상대를 배려하면서 자존심을 지켜 주면서 재미나게 할 수는 없는 것인가? 랠리만 하면 되는 것으로 알고 시작했다가 이렇게 복잡하고 테크닉이 많으며 어려운 운동이 탁구라는 걸 알게 되고, 노력과 끈기로 해 보려고 하지만 여간 쉽지 않다. 즐기기에는 내 자존심과 욕망의 실타래가 복잡하게 엉켜 나를 편안하게 놓아주지 못한다.

　내가 배움의 시간을 가장 많이 투자하면서도 가장 실력 향상이 되지 않는 것이 탁구다. 어려서부터 운동 신경이 둔한 편도 아니었고 나름 스스로 자부심을 가지고 살았다. 하지만 나 혼자 하는 것이 아닌 상대와 함께해야 하는 탁구는 모두의 공 구질이 다르고 파워가 달라서 맞춰 가며 한다는 것이 참으로 어렵고 힘들다. 탁구를 배운 지 한 달여 만에 어떤 남성 회원과 랠리를 하게 되었는데 공이 죽지 않고 연속적으로 30여 분 정도를 주고받았던 것 같다. 그 남자는 내게 많은 칭찬을 아끼지 않았다. 어떻게 한 달 만에 이렇게 잘하느냐며. 나는 정말로 내가 잘한다고 생각했다. 지금에 와서 생각해 보니, 상대였던 그 남자가 모든 것을 내게 맞춰 가면서 해 주었던 것을 깨닫게 되었다. 탁구를 생각하면 떠오르는 사람 중 한 사람이다. 아무리 잘한들 내게 맞지 않으면 무슨 소용이겠는가? 내가 자부심을 갖고 재미있게 탁구를 계속할 수 있는 원동력을 준 사람들에게 감사한 마음이다.

05
여름의 끝

꽤 덥고 습한 날씨에 힘들어하던 시간이 하루 이틀 지나면서 어느덧 여름의 끝에서 태풍을 동반한 비 소식이 반갑다.

봄과 여름에 나름대로 열심히 물도 주고 거름도 주면서 가꾸던 옥탑 텃밭에 심어둔 방울토마토와 깻잎, 치커리, 고추 등의 수확을 울 짝꿍이 채근한다. 수확의 기쁨을 줄 수 없어 내가 하겠다고 한다. 나는 주렁주렁 매달리고 너울거리는 이파리들을 따는 것이 아까워서 먹는 재미보다 보는 재미를 더 느끼고 싶어 한다. 나의 마음을 내가 보고 웃는다.

초가을

요즘 같으면 숨 쉬고 살 만한 매일이다. 팔월의 중순부터 공기가 달라졌다. 제법 시원한 바람과 깨끗한 하늘과 적당한 일조량이 근래에 한국의 보기 드문 날씨다. 공기 좋은 나라에서 가슴 열고 크게 들이마셨던 공기와 깨끗한 하늘에 수놓아진 구름을 보며 마냥 좋았던 그때와 비슷한 날씨 덕분에 기분 좋은 내가 가을 속에 있다.

07

자유롭지 못한 삶

온 나라가 들썩인다.

대통령과 최순실 게이트. 갈수록 난무하는 청와대와 관련된 많은 이야기가 나라를 벗어나 세계로 퍼져 나간다. 국민들은 촛불을 들고 대통령 퇴진을 촉구하지만, 끄떡없이 물러날 생각이 없는 대통령으로 인해 TV는 채널마다 관련된 얘기들로 주를 이루고 울집 짝꿍 역시 일어나면서부터 잠들 때까지 관련된 방송을 보느라 바쁘다. 평소 정치에 관심이 없던 나도 거리로 나가서 큰소리로 퇴진을 소리치고 싶은 심정이니 모두 오죽하랴 싶다. 보통의 여인네들 같으면 부끄러워서라도 모두 내던지고 숨고 싶으련만⋯⋯.

언제까지 이 나라가 시끄러울 것인가? 지금은 2016년 11월 하순.

부끄러움을 언급하다 보니 나 자신도 부끄럽기는 마찬가지다.

누구를 탓하랴? 부처님을 알고 나서부터 스스로 부끄러운 행동들에 참회하면서 눈물도 많이 흘렸었다. 그러면서 현재는 잘 살고 있는가?

나 자신만을 위한 삶을 사느라 바쁘다. 혹여 내게 조그만 상처를 주는 이가 있으면 여지없이 가시를 들이대고 보지 않으려고 하는 오만과 이기심이 나를 가득 채우고 있다. 한때 부처님과 십대 제자들의 삶을 본받고자 흉내라도 내 보고 싶었지만, 그것도 잠시고 수행도 잠시고 아프면서 나는 더욱 이기적인 내가 된 것 같다. 세월 속에서 나와 함께했던 많은 사람이 멀어지고 또 새로운 사람을 만나고 그러면서 우리는 나이 들어 가는가? 산다는 게 뭔지? 울 짝꿍이랑 나는 가끔 묻는다. 자신에게도 묻고 상대에게도 묻고……. 그러나 아무런 답도 없고 해 줄 수도 없다. 일찍이 부처님은 어떻게 생로병사를 깨닫고 성불을 이루셨을까? 수차례의 인과를 통해서 수행을 하신 결과라고 하지만 보통 사람인 우리가 부처님의 그림자 흉내라도 내 볼 수 있으면 후회 없는 삶을 살았다고 할 수 있을까?

나는 그저 오늘이 중요한 것만 같다. 오늘이 모여 일주일, 한 달, 일 년 평생의 삶이 된다고 보기 때문에 아직 오지 않은 미래를 생각하며 오늘을 보내고 싶지도 않고 과거에 얽매여 오늘 이 소중한 때를 놓치고 싶지도 않다. 나는 삶이란, 오늘 최선을 다하고 행복하게 보냈으면 그것이 사는 것이 아닐까 생각해 본다. 그러나 최선을 다하는 매일을 살아가는가?

이 세상에서 진정 누군가를 사랑하고 사랑받고 산다는 것이 쉬운 일은 아닌 것 같다. 인연에 의해 만나고 헤어짐을 반복하면서 이 사랑이 나에게 있어 전부이고 마지막이길 바라면서 그렇게 우리는 사랑이라는 것을 하면서 살아가고 있다. 하지만 인간의 하찮은 감정은 사랑이라는 것에 그리 위대하지 못한 것 같다. 순간 감정의 아픔에 극단의 생각까지 치닫고 감정의 바닥까지 드러내는 경우가 허다한 것을 보면 그렇다. 물론 사람의 인격과 성격 나름대로 다른 경우도 있겠지만……

속이 상하고 울분을 참을 수 없는 많은 날은 누구에게나 있겠지만 불면의 밤을 보내야만 하는 경우는 어떻게 해야 할까?

나는 이해하지 못하면서 상대는 더 많이 이해해 주기를 바라지는 않았는지 자문도 해 볼 일이다. 정신적 고통과 육체적 고통이 없는 세상이 있다면 나도 그곳으로 가고 싶다.

나는 철저하게 인연법(因緣法)을 믿고 있는 터라 이 세상을 마감하는 것도 겁이 난다.

솔직하게 누군가에게 제대로 온정을 베풀거나 희생을 해 본 적이 거의 없다고 생각하기 때문이다. 많은 사람에게 상처를 주고 당당하다고 믿고 산 세월이 얼마나 많은지 헤아릴 수 없다. 이 세상에 존재하는 모든 것에 은혜를 입고 베풀지 못한 삶을 살고 있으니 죽음도 두렵고 삶도 두렵다. 연명하는 삶은 절대로 살고 싶지 않아 암 선고 이후 나름 먹는 것도 운동도 사는 방식도 신경을 쓰고 살고 있지만, 혼자 사는 세상이 아니다 보니 여전히 스트레스에서 자유로울 수 없는 것은 어쩔 수 없는 삶인가 보다.

08

나이테

나이 들어 간다는 것
그것은 무엇인가?

몸의 불편함이 늘어 간다는 것
조금은 풍족함이 생긴다는 것
인연에 집착하지 않는다는 것
몸에 좋은 음식을 골라 먹는다는 것
포기가 많아진다는 것
어떠한 현상에 조금은 순응해 나간다는 것.

09
행복한 순간

행복은 순간에 찾아오는 것 같다.

감미로운 음악의 선율에 가슴이 떨리며 행복하다.

지나가는 한 줄기 바람에도 눈 감으며 행복을 느낀다.

멀지 않은 산에서 들려오는 뻐꾸기 소리에도 귀 기울이며 행복을 느낀다.

잘 정돈된 서책 사이에서 뜻밖의 옛날 편지 한 통을 발견하고 읽으면서도 그 시절의 진지함에 행복하고 풀 한 포기를 뽑으면서도 흙냄새에 행복하다.

마음을 준 친구에게서 전화를 받는 순간도 행복하다.

10

2017년의 봄

    빨간 덩굴장미가 여기저기 피어나고 축제가 한창이던 때 우리나라 제19대 대통령 선거가 있었고 우리 집 짝꿍이 열렬히 지지하던 후보가 당선되었다.

    기대 이상으로 국정 수행을 잘하고 있는 대통령을 보면서 지금 국민들은 행복하다. 이렇게 안정되고 좋은 시국이 얼마나 갈 수 있을까? 대통령은 지금처럼 국민들을 실망하게 하지 않으면 좋을 텐데.

    TV 뉴스를 보면서 공감하고 기뻐하고 토론한다. 지금처럼 이렇게만 해 주면 존경을 받고 기억에 남는 대통령이 되리라 생각하면서 정치에 별 관심이 없는 나도 때로는 귀를 기울이게 되는 현실이다.

    그렇게도 시끄럽던 시국이 조금씩 안정을 찾아 가는 5월! 37년 전 광주 5.18이 다시 회자되면서 재조명을 받기 시작했다. 내 기억으로는 그 당시 광주 시민 모두가 희생자라는 생각이 든다. 모두가 생업을 포기하고 집에서 칩거하는 생활을 해야 했으니. 그 시간이 길지는 않았지만, 전쟁의 공포를 느끼면서 보따리를 챙겨 들고 화순으로 넘어가던 피난민을 난 두 눈으로 똑똑히 보았다. 20살의 난 그야말로 그들의 공격 대상이 될 수 있었기 때문에 아무 곳에도 나가지 않고 집에서만 지낸 시간이었다. 이제는 모든 것이 달라지려나?

그러나 내 몸은 여전히 좋지 않다.

자꾸만 다치고 소화 불량에 이곳저곳이 멍투성이에 근육이 경직되어 아프고…….

"아~! 힘들다."

어제 아침은 정말 너무 힘들어서 아무것도 못 먹고 누워 있다가 1시가 되어서야 겨우 챙겨 두었던 아침 식사를 했다. 배도 고프지 않았다. 오후에는 힘을 내서 탁구장에 갔고 땀을 흘리며 운동을 조금 하고 왔다.

저녁도 대충 먹었다. 그리고는 일찍 잠자리에 누웠다. 오늘 아침 눈을 떴을 때 어제 아침보다는 훨씬 좋아진 것을 느꼈다. 여전히 먹는 것이 당기지 않지만, 움직일 수 있는 에너지가 있음에 감사하며 일과를 알차게 보내고 있다.

11

중용의 미학

지나침은 부족함만 못하다 했던가?

살아가면서 옛 어른들의 말씀이 진리로 다가온다. 많은 사람을 보면서 각자의 개성이 맛처럼 분류된다. 달콤함이 적당할 때 우리는 그것을 찾고 즐긴다. 하지만 단맛의 뒤끝은 또 다른 맛을 찾게 된다. 기름지고 고소함이 있는 맛은 금방 물려서 질린다는 표현을 하게 되고, 무덤덤한 맛은 질리지 않지만 맛나지 않으니 찾지 않게 되고, 짠맛은 꺼리고 매운맛은 적당히 찾는 개성이 다르니 그것도 인연의 소치일까?

인간도 크게 다를 바 없는 것이 상대에게 지나치다 싶을 만큼 친절하고 잘하는 대부분의 사람은 또 바라는 게 있어서, 원하는 만큼 받지 못하면 서운하게 생각하고 상처를 주는 사람들이 많다. 그들은 질리게 하는 경향이 있다.

그런가 하면 정말 항상 조용하고 없는 듯 존재하면서 조직원들에게 티가 나지 않는 도움을 주는 사람도 있다. 향기도 취향에 따라 선호도가 다르듯이 이들의 성향 또한 향기 나는 사람임이 분명하지만 그렇게 자주 찾지 않게 되는 건 무엇 때문일까? 어떤 이는 말이 너무 없어 답답할 정도이며 더구나 본인 얘기는 전혀 하지 않고 비밀이 많아 거짓말을 일삼는 사람도 있고…….

어떤 이는 정말 재미도 없고 은근히 상대에게 상처를 주면서도 모르고, 본인은 모범적이라고 느끼는 사람도 있고, 어떤 사람은 목소리도 크면서 말이 많고 자랑을 일삼아 얘기하면서도 상대가 어떻게 느끼는지에 대해 전혀 신경 쓰지 않아 피곤하다. 떠오르는 말이 있다. "말이 많고 생각이 많으면 진리로부터 멀어진다."

부지런함과 깔끔함도 지나치면 상대에게 부담으로 다가간다. 혼자만 하는 게 아니고 상대에게도 요구하기 때문이다. 보는 자리에서 떨어진 머리카락을 줍고 먼지를 닦아 내면 앞에 앉아 있는 그 누구라도 편하지 않다. 나 또한 이런 종류의 사람임이 분명하지만 타고난 태생을 크게 바꾸는 것이 어렵다. 그렇다고 너무 게으르거나 위생 관념이 부족한 사람도 문제가 되니 참으로 어렵다. 꽃이거나 사람이거나 물건이거나 지나치게 예쁘고 아름다우면 누구에게라도 소유욕을 불러일으키게 된다. 그리고 또 다른 부작용을 만들기 쉬워지니 이 또한 바람직하지 않다고 생각한다.

무엇이든 쉽게 판단하거나 실행할 일이 아니다. 지나치지 않도록 매사에 신경을 써야 할 것이다.

부족하지도 넘치지도 않는 중용의 삶을 살아갈 수 있다면 그것이 참으로 아름답게 살아가는 방법이 아닐까 생각해 본다.

12

아침 식단

그리스 여행 후부터 우리 부부는 매일 아침 그릭 요거트를 먹기 시작했다. 아침 식사 첫 번째 순위는 요거트에 계핏가루 약간과 새싹보리 약간, 꿀 조금을 넣어 먹기 시작한 지 제법 된 것 같다. 미처 요거트를 준비하지 못한 날은 콩물을 갈아 먹기도 하며 양배추를 그냥 생잎으로 질겅질겅 씹어 먹고 사과 반쪽에 브로콜리 조금, 토마토에 올리브 오일과 아몬드를 넣어 반 컵 정도.

계란프라이에 양파 슬라이스를 한 것과 애호박을 슬라이스해서 2개 정도, 표고버섯이나 가지 등을 슬라이스를 해서 함께 구워 먹는다. 그리고 매일 조금씩 다르게 빵이나 떡, 죽 등을 바꿔 가며 먹는다. 그러나 배가 많이 부르거나 하지는 않는다. 먹는 종류가 많다 보니 준비하는 과정도 매일 바쁘고 힘들 때도 있지만 항암 치료 이후 시행 식단에 비하면 수월한 편이다. 하지만 이마저도 귀찮고 생략하고 싶을 때가 더러 있다.

다른 집은 주스 한 잔 가볍게 마시거나 계란프라이 하나 정도라는데, 너무 많이 먹는 건 아닌가도 생각해 본다. 다 그만두고 밥에 국과 김치로 대신할까? 워낙 과일을 좋아하지 않는 내가 꾸준히 과일을 먹을 수 있는 방법과 짝꿍의 고혈압을 생각한 식단이고 벌써 이렇게 먹은 지가 5년이 지나 또다시 바꾼다는 것이 쉽지 않다. 그나마 우리 집 짝꿍이 음주를 한 다음 날 아침은 쌀을 미리 씻어서 불려 놓은 것에 콩나물과 황태를 잘게 잘라 넣고 고소한 참기름 넣어 끓인 죽을 준비하거나 녹두죽을 준비한다. 최근에 우리 집 짝꿍은 콩나물죽을 더 선호하고 만족한 표정을 지을 때가 많다. 나 역시 떡이나 빵보다는 죽이 좋다.

13
마음을
움직이는 음악

우울하거나 기쁘거나 슬프거나 항상 마음에 들어오는 음악이 있다. 요한 파헬벨의 「캐논」이다.

오래전 내가 직접 가르친 학생도 아닌데 스승의 날에 내게 CD 한 장을 곱게 포장하여 선물해 준 한 학생이 있었다. 이름이 'H 미아'였던 것으로 기억이 난다.

많은 클래식 음악이 있고 즐겨 듣고는 있지만, 캐논처럼 편하게 듣는 음악은 없는 것 같다. 음악이 내게 위안이 되고 영감을 주는 건 확실하다. 성인이 되고 나이가 들어 가면서 나는 어려서는 몰 랐던 클래식의 아름다움에 빠져들고 있다. 수많은 것 중에서 이 렇게 변함없이 내게 기쁨을 주는 선물을 해 준 그녀가 고맙고, 보 고 싶다.

다음 생이 내게 주어진다면, 나는 단연 음악을 하는 인생으로 살아 보고 싶다. 현생에서 음악과 관련된 어느 것 하나 인연이 없 는데 어떻게 다음 생에 음악을 할 수 있을 것인가?

내가 처음 클래식에 귀가 뜨인 것은 사라사테의 「치고이너바이 젠」이었다. 바이올린의 현란한 음은 슬픔이 많았던 20대의 내 가 슴에 깊이 있게 파묻혔다. 또한, 베토벤의 교향곡 「운명」도 20대에 즐겨 들었던 곡 중의 하나였다.

30대가 되어서는 모차르트가 내게 왔다. 그 중 「교향곡 40번 1악장」은 내 마음을 편하게 해 주었고 「터키 행진곡」은 나를 경쾌하게 만들어 주는 대표적인 곡이라 할 수 있다.

40대가 되어서는 내 인생의 새로운 봄이 찾아왔다. 비발디의 「사계」 중 「봄」과 요한 슈트라우스의 「봄의 소리」 왈츠가 내 마음을 평온하게 한다. 그리고 행복한 마음으로 고개를 끄덕이며 발가락 장단을 맞추며 춤을 추고 있는 한 여인이 되어 있었다.

50대가 되어서는 서정적이고 애절함이 극대화된 알비노니의 「아다지오」가 단연 으뜸이다. 슬픔과 장엄함이 긴 여운으로 자리 잡는 훌륭한 음악이다. 이 곡 외에도 우리에게 익숙하지 않고 잘 알려지지 않은 음악가의 수많은 곡을 내가 다 어찌 알까?

14

화초

식물에 위안을 받고 가꾸는 것을 좋아했던 내가 변해 가고 있다. 병충해로 이파리가 끈적거리고 낙엽이 지는 벤저민을 닦으며 짜증 내는 나를 본다.

한때는 화초들 돌보아야 한다며 집을 비우는 걸 기피했던 때가 있었다. 서울 유학 시에 만났던 언니가 방학 때 다녀가라고 권유할 때도, 화초는 나이가 많이 들어서 할 일이 없을 때 키우라고 했던 말이 문득 생각이 났다. 언니 말이 맞는 듯했지만 내겐 맞지 않는 말이었다. 젊고 좀 더 건강했을 때는 화초를 자식 돌보듯이 정성껏 재미있게 돌봤지만, 지금은 마냥 귀찮다. 내 몸도 건사하지 못해 여러 곳이 아프고 피곤한데 화초들이 자기들 봐 달라고 몸부림을 치는 것만 같아서 싫다. 내 몸에 파리 한 마리만 앉아도 개미 한 마리만 지나가도 질색을 하는데 화초들은 얼마나 힘들까를 생각하면 안됐다는 마음이 들긴 하면서도 소리친다.

"건강하게 자라지 않으면 가져다 버려 버릴 거야."

제발 건강하기를. 화초들도 나도.
아! 얼마 만에 느껴 보는 이 한가로움의 휴식인가~

언제부터인지 그토록 재미있게만 느껴지던 탁구가 맘대로 되지 않다 보니 힘들다는 생각이 자꾸 든다. 게다가 탁구장 회원들의 무언의 견제도 부담스럽고 나보다 부족하다 생각했던 이가 월등한 실력으로 어려운 공을 받아 내는 것을 본 이후로 심한 자괴감이 들고 우울해졌다. 탁구를 그만두고 싶은 마음도 든다.

나의 예민한 성격은 무엇을 해도 문제인 것 같다. 여성 회원들의 고함치는 소리도 스트레스가 되어 두통을 유발하고, 게임하는 것도 부담스럽고, 나보다 못하는 사람들의 공을 받아 주는 것도 유쾌하지 않고…….

어깨 통증은 계속되고 레슨 없는 오늘은 쉬기로 합의했다.

마침 오늘은 장마가 시작되는 날로, 새벽에 꽤 많은 양의 비가 내려 더위도 한풀 꺾였다. 미세 먼지도 없어서 맘껏 창문을 열고 시원한 바람을 맞으며 청소도 좀 하고 화초들도 닦아 주고 그동안 미뤄 왔던 일들을 했다. 운동할 때보다 더 많은 땀을 흘린 후 샤워를 하고 나서 음악 방송을 켜고 책상에 앉아 있다. 시원한 바람과 내 정서를 쓰다듬는 음악이 흘러나오니 마음이 편안함으로 녹아내린다. 의자에 머리를 기대고 두 눈을 감고 편안함과 한가로움을 만끽한다.

15

살아 내는 것

사람을 줄이면 삶이 된다. 삶의 무게가 각자 다르고 방식이 다르다지만, 사람이 사는 모습을 보면 먹고 자고 일하고가 대부분의 시간을 차지하는 것 같다. 그런데 먹는 것이 잘되지 않고, 자는 것이 잘되지 않고, 배설하는 것이 잘되지 않는 경우에 탈이 생기는 경우가 많은 것 같다. 일할 수 없으면 경제가 어려워서 삶 자체의 만족도가 낮아지는 경우를 많이 본다. 건강하고 경제적 여유가 어느 정도 허락될 때 각자의 취미 생활도 하게 되고 즐기는 것을 찾게 된다. 나의 주변을 둘러보았을 때 과연 즐기는 삶을 사는 사람이 몇이나 될까 생각해 보니 많지 않다. 건강한 사람이 역시 경제적 여유도 있는 경우가 대부분이고 경제적 여유가 없는 사람은 아픈 곳도 많은 것 같다.

이런 사람들을 보면 사는 것이 아니라 살아 내기 위해 안간힘을 쓰는 것만 같다. 너무도 안쓰럽고 마음이 아프다. 자신에게 주어진 수명을 알 수 없기 때문에 무거운 삶의 지게를 어디까지 지고 가야 하는지, 어디쯤에서 잠깐의 휴식을 취해야 할지 모르고 항상 조바심과 번뇌를 가지고 산다.

한 달 넘게 앉아서 글을 쓴다는 것을 잊고 있었다. 폭염이라고 사람들이 말할 때 나는 그냥 여름이 다 그렇지 뭐 하면서 잘 견디는 것 같았다. 그러나 올여름의 더위에는 모든 사물이 뜨거움에 지쳐 가고 있는 것 같다. 바람도 불지 않고 소나기도 없으며 오로지 인공 바람 에어컨만이 사람들에게 위안이 되어 줄 뿐.

37도를 넘는 날이 지속되는 가운데 나는 또 심한 피부병이 찾아와서 고생을 했고, 조금 나아지나 싶었으나 울 집 짝꿍이 또 나와 똑같은 증상으로 고생 중이다.

가려움이 심하고 붉은 반점 같은 것이 도드라지는 게 벌레에 물린 것 같이 보이지만 실상은 그렇지 않은 것 같다. 나는 견뎠지만 그이는 결국 병원 문을 노크했고, 시원한 답을 듣지 못한 채 주사와 약 처방전만 들고나왔다. 좋아지나 싶으면 여전히 다른 곳에 증상이 생겨 난감하다. 인터넷 검색을 해 보니 콜린성 두드러기 같다. 땀을 많이 흘린 후에 생기는 대표적 질환이라고 한다. 우리 부부 청결하기로는 둘째가라면 서러울 만큼 개인위생에 철저한 편이고 식습관도 나름 신경을 써서 고른 영양 섭취를 하고 있다고 생각하는데 도대체 무엇 때문인지 알 수가 없다.

오늘은 정말 오랜만에 소나기가 시원하게 내렸다. 창문을 열고 앉아 있는 지금은 선풍기도 필요 없이 상쾌한 공기로 기분이 좋다. 탁구장에서는 적당히 땀을 흘렸고 대접받고 사랑받는 하루를 보낸 것 같다. 살아 내기 위해 오늘도 애를 쓴다. 내일도 또한 나도 그들도.

16

새해 첫눈

새로운 한 해가 된 지 9일째.

어제 늦은 밤부터 내리기 시작한 눈이 오늘은 하염없이 내린다.

온 세상이 하얗다. 산 위의 나무들은 하얀 꽃을 피우고 난간마다 소복하게 내려앉은 하얀 눈이 난 너무 좋다. 갈수록 귀한 눈이기에 내 마음 깊은 곳과 영혼이 하얀 눈꽃을 선물 받은 느낌으로 오래도록 간직하고 싶은 마음이다.

집 안에서만 느끼기에는 부족한 마음도 든다. 산에라도 오르고 싶었지만 실행은 못 하고 수요일에 도반 모임이 있어 외출했다가 눈 오는 풍경을 만끽했다. 일찍 도착하여 여유도 있었고 모임 장소를 내가 선택했기에 안내자 역할을 해야만 할 것 같았다. 도반들을 찾으러 근처를 돌다가 하얀 눈꽃 사이에 피어 있는 빨간 열매를 발견했을 때는 탄성이 절로 나와서 그곳에 멈추어 서서 바로 사진을 찍었다. 그 순간이 행복이었다. 아름다운 것은 무엇이든 우리에게 행복감을 주는 것 같다. 자연과 내가 하나가 된 듯했고, 나는 순결한 마음이 되어 사물을 보는 내 영혼이 좋았다.

다음 날은 눈 위에 찬란한 햇빛이 비치면서 반짝거리는 대지와 나무들이 눈부시게 아름다웠다. 3일 정도 눈이 내렸고 몹시 추웠지만 나는 그저 좋았다. 눈이 하염없이 내리는 순간에 갈 곳 없고 가진 것 없는 상황이라면 참으로 힘들 것 같다는 생각도 하면서 이만한 상황에 감사했다.

눈 내리던 그 날의 환희는 어느새 따뜻한 기온으로 비 오듯 녹아내리고 있다. 북쪽 먼 산에는 희끗희끗한 자국이 남아 있지만 내 집 창가에는 녹은 눈이 비처럼 내리고 있어 겨울과 봄을 동시에 느끼는 순간이다. 1월 중순에 접어들고 있는 지금이니까 아직은 추위와 눈이 몇 번은 더 있을 것이지만…….

17

세기의 악수

얼마 전 우리나라 대통령과 북한 김정은 위원장의 만남은 상당한 감동을 주는 일이었다. 덩달아 나도 기쁨과 설렘이 가득했고 생중계를 지켜보며 평화란 아름다운 것이라고 생각했다. 이렇게 남북 관계가 지속해서 개선되고 통일이 된다면 백두산을 중국을 거치지 않고 방문할 수 있을 것이다. 그토록 아름답다던 금강산도 가 보자며 우리 집 짝꿍이랑 기대에 찬 약속을 했다.

오늘은 미국 트럼프 대통령과 김정은 위원장이 싱가포르에서 악수를 하고 비핵화 약속을 하며 세계가 촉각을 곤두세우고 지켜보는 날이었다.

18
미세 먼지

언제부터인가 파란 하늘을 보기가 어려워졌다.

사방이 회색빛 어두운 사물이다. 2018년 광주의 겨울은 눈다운 눈이 한 번도 내리지 않고 미세 먼지만 자주 찾아와서 우리 삶의 질을 떨어트리는 날이 대부분이었던 것 같다.

바깥출입을 즐기는 내가 아니지만 불편함이 이루 말할 수 없이 힘들었다. 잠깐 뭔가를 사러 가야 할 때도 미루게 되고, 음식물 쓰레기를 바로 버리는 습관을 갖고 있던 내가 자꾸만 미루어 음식물 쓰레기가 쌓이고……

탁구장까지 20여 분 남짓 되는 거리를 걸어가는 것도 부담스러워 때로는 택시를 이용하기도 했다. 등산이나 가까운 곳을 여행하는 일도 피하게 되었다. 그렇지만 사람들은 나보다 민감함이 덜한 것 같았다. 똑같이 산에도 가고 외출을 하며 일상생활을 영위하는 걸 보며 내가 지나친가 생각했다. 하지만 봄이 되고 최근 일주일 정도 심한 미세 먼지가 뿌옇게 대지를 덮어 버려 상황이 심각했다. 전국에 미세 먼지 주의보가 연일 계속되면서 사람들은 심각함을 받아들인 것 같았다. 잠깐의 노출로 피부는 따갑고, 눈과 목은 가렵고 답답한 증상들이 나타나 노약자들은 더욱 괴롭다.

방역 마스크가 불티나게 팔린단다. 돈이 없어 사지 못하는 사람들도 많다. 귀찮아서 그냥 다니는 사람도 있고, 심각성을 인지하지 못해서 그런 걸 수도 있고…….

어쩌다 파란 하늘이 보이면 창문을 활짝 열어 환기하는 것도 기쁜 일 중 하나가 되었다.

과거 어린 시절에 파란색에 파우더를 뿌린 듯한 하늘색을 유난히 좋아했던 기억이 있다. 하늘은 항상 파란색을 띠고 있고 우리는 먼 산도 마음껏 볼 수 있다고 생각했지만 이제는 그것이 어려워졌다.

그때는 그 맑은 공기의 고마움 따위 생각도 하지 않았다. 그런데 이제는 새삼 깨끗한 공기가 귀하고 감사하게 느껴지는 것을 보며, 항상 존재하는 것에 대한 소중함을 잊고 살아가는 우리에게 또 다른 가르침으로 이런 재앙이 오는 것은 아닌가 생각하게 된다.

19

우리 집에서 듣는
뻐꾸기 소리

우리 아파트 옥탑의 서재 의자에 앉아 있노라면 더욱 선명하게 들려오는 소리. 6월이 되면 어김없이 들려오는 소리가 있다. 학창 시절에 시골 친구 집에서 들었던 소리다. 시내에서 들려오는 각종 소음과는 다른 너무도 정겹고 좋은 소리다. 바로 뻐꾸기 우는 소리다. 우리 아파트 대각선 너머에는 자그마한 산 하나가 자리 잡고 있는데 이것이 우리에게는 상당히 귀하다는 생각이 든다. 사계절을 확인하듯 지금은 여름으로 가고 있다고 푸른 나무들이 울창하게 뻗어 나가고, 그 안에서 뻐꾸기도 자리 잡고 정겨운 울음소리를 들려준다. 가을이 되면 울긋불긋하다가 낙엽이 지면 겨울이 되고 한겨울이 되면 앙상한 나뭇가지만 걸치고 있다.

하얀 눈이라도 내리면 도로 위와 지붕의 눈이 녹아도 건너편 산에는 하얀 눈이 그대로 자리하고 있어 좋을 때가 종종 있었다. 물론 봄이면 파릇파릇한 새싹들이 보이는가 하면 어느 때는 벚꽃이 피어 산등성이가 하얗게 보일 때도 있다. 지금은 6월 초. 올해는 언제까지 뻐꾸기 소리가 들리다 마는지 정확히 살피려 한다. 저 산이 없었더라면 내가 귀 기울여 뻐꾸기 우는 소리를 들을 수 있었을지 의문이다. 뻐꾸기 우는 소리에 내 마음은 웃는다.

20

행복한 풍경

TV를 껐습니다.
사방 어디를 둘러보아도 낯익은 나의 집안 풍경이 정겹습니다.
수많은 빗방울이 유리창에 잔재를 수놓습니다.
뭉클뭉클한 행복감이 밀려옵니다.
커피 한 잔의 향기로움과 달콤함이
코끝에서 혀로 전달되는 순간입니다.
음악과 사색을 초대합니다.
감성과 여유로움이 따라옵니다.

바람에 식물들이 춤을 추며 손을 내밉니다.
사각의 화분 가득 고운 색깔로 꽃을 피운
피튜니아의 사진 한 컷을 남겨 봅니다.
손톱만 한 열매를 맺은 호박에게 눈인사를 건네고
자줏빛 열매로 실하게 익어 가는
블루베리는 새와 함께 나눠 먹고
붉게 익어 가는 미니 토마토는 보탬을 기대하면서
각각의 식물들 자리에 침입한 풀 한 포기도 뽑아내 줍니다.

책상 의자에 앉아 머리를 기대고
긴 숨을 몰아쉬어 봅니다.
온몸이 그지없이 편안합니다.

이 공간과 시간에 내가 있음이 감사합니다.
이 순간만큼은 그 무엇도 그 어떤 것도 바라는 것이 없습니다.
행복함으로 가득한 순간이기 때문입니다.

21

가피

    내가 꿈꾸던 이상, 희망, 행복의 모습들이 언제부턴가 아련해진다. 무엇을 꿈꾸고 갈망했는지 나이가 들어 가고, 병들어 아픔을 견디며 이겨 내고, 주변인의 다양한 삶의 모습 속에서 희미해져만 간다. 지금 이만한 것에 그지없이 감사하고 행복하다는 생각에 가끔 생겨나는 욕심에 경계를 하면서 그렇게 하루하루를 보내게 되는 요즘이다.

    약 10개월 정도를 큰 고통 없이 잘 지내 오다가 또다시 여기저기 아픈 곳이 많아지고 있다. 허리 통증도 심해지고 불편한 증상들이 늘어나면서 일상의 일들이 부담스러울 때도 있다. 그러다 보면 가까운 사람에게 바라는 바가 생기고 불평을 하게 되는 나를 본다. 마음속으로 수차례 관세음보살의 명호를 부르면서 나를 다잡아 본다. 얼마 전에는 또다시 큰 병을 앓게 되는 건 아닌가 하는 의심이 생겨 병원 검진을 했다. 다행히 걱정할 일은 아니라는 진료 결과를 듣고 우리 부부는 안도의 한숨을 쉬면서 기쁨의 술 한잔하겠다며 외출한 사이에 나에게 찾아온 막강의 통증은 숨 쉬는 것조차 힘들게 했다. 몸의 여러 곳에서 찾아온 통증으로 어찌할 바를 몰랐다. 뜨거운 한방차를 끓여 마셔 보기도 하고 따뜻한 곳에 누워도 보고 통증 클리닉을 검색하여 가 보려 했지만 시간이 늦어 갈 수도 없었다. 그렇게 몸을 뒹굴다 문득 『관세음보살 보문품』의 구절이 떠올라서 무조건 관세음보살을 불렀다. 그렇게 10여 분 정도 지났을 무렵 진통제를 먹은 것처럼 통증이 서서히 가라앉은 나를 보고 눈물이 나왔다. "감사합니다. 이만하니 감사합니다."라고 외쳤다. 아프지만 숨을 쉴 수 있고 활동할 수 있음에…… 믿는 마음이 만들어 내는 신비로운 진통 작용 같은 것인가? 부처님의 가피가 아니면 무엇일까?

다음 날 아침에 눈을 떴을 때는 더욱 감사한 마음뿐이었다.

이토록 내게 은혜를 보여 주시는 부처님의 한량없는 자비에 고개 숙이며, 내 자신의 순간순간 파고드는 잡념과 삿된 행동들을 다시 한번 경계하며 맑고 향기로운 내면을 만들어 가자고 내 마음을 다잡아 본다.

22

상쾌한 날

오늘은 초복이다. 2019년의 더운 여름이 시작된다는 날이다.

작년 여름을 너무 힘들게 보내고 올여름을 맞이한 지금까지 그토록 심한 더위는 아직 없다. 삼사일 전부터는 미세 먼지도 없고 비까지 오면서 선선하고 공기가 맑아서인지 기분까지 좋다. 우리 옥탑 텃밭에서는 고추와 방울토마토가 주렁주렁 열려 있고, 보랏빛 도라지꽃은 시선을 머물게 한다. 친구가 분양해 준 달맞이꽃과 이름 모를 야생화의 넝쿨이 나의 발길을 자꾸 머물게 하는 요즘이다.

누군가에게 보여 주고 싶고 자랑하고 싶어지는 신선한 경관이다. 보여 주고 자랑하고 싶은 이 감정은 소박하지만, 내게는 풍요로운 자연의 선물을 함께하고 싶은 마음이다. 몇 년 전 우리 부부는 농사에 대해 뭘 몰라서 고추 모종을 심어 놓고는 아무것도 하지 않으면서 고추가 열리기를 기다렸다. 고추는 한두 개 열려서 꼬불거리며 그야말로 영양실조의 상태로 서 있었다. 그때와 비교하면 지금의 상황은 성공인 셈이다. 주변 지인에게 자문하면서 스스로 정보를 얻고 노력하여 적당한 비료도 주었다. 따사로운 햇볕과 수분 공급에 탐스러운 열매로 보답하는 식물이 참으로 기특하고 예쁘다. 요즘처럼 상쾌한 날이 얼마나 갈 수 있을까?

지금 이 순간을 맘껏 누리자. 이 상쾌한 공기와 기분을.

23
전염병

　말로만 듣고 책 속에서만 공부했던 전염병이 중국에서 시작되어 우리나라까지 들어오더니 얼마 전에는 이곳 광주까지 확진자가 나와서 많은 사람이 불안에 떨고 있다. '신종 코로나바이러스라고'라고 하는 이것은 전염률은 빠르지만, 치사율은 그다지 높지 않은 것 같다. 몇 년 전 사스와 메르스라는 전염병이 나돌 때는 사망 환자가 제법 있었던 것에 비해 지금은 전염 환자는 많지만, 상대적으로 사망자는 그렇게 많지 않은 것이 다행이라면 다행이라고 생각하게 된다. 영화 속의 한 장면처럼 지금 사람들은 너 나 할 것 없이 마스크를 쓰고 사람 만나는 일을 자제하면서 그렇게 살아가고 있다.

　이곳 광주의 환자는 우리나라에서 16번째 확진자로, 가족 간에도 벌써 두 명의 확진자를 발생하게 했으며 모르는 사이에 얼마나 많은 사람에게 감염시켰을지 짐작도 할 수 없는 상황이라 더욱 심각한 것이다. 많은 공공 기관이 휴관 상태이고, 학교는 방학을 연장하고, 사람들은 만남을 기피하며 모임도 연기하고 몸을 사리고 있다. 전염병이라는 것이 결국은 청결하지 못함에서 오는 것이 아닌가 싶어 나는 개인위생에 신경을 더욱 쓸 수밖에 없는 상황이다. 더러움과 깨끗함의 명확한 경계를 짓기가 힘들다. 평소 손을 씻는다거나 하는 행위는 내게 있어 자연스러운 일상이며 원칙과도 같은 것이다. 누군가 손을 씻지 않고 내게 음식을 주는 행위는 절대 반갑지 않아 거의 받아먹지 않게 되는 경우가 많다. 까탈스럽다고 흉을 보는 그들에게는 뭐라 말하고 싶지 않다. 특히 과일의 경우에는 유통 과정에서 수많은 사람의 손을 거치면서 갖가지 묻어 있을 그 무엇과 먼지, 농약 등이 문제인데 씻지도 않고 껍질을 깎아 내게 내밀면 정말 난감하다. 깎는 과정에 이미 갖가지 더러운 물질들이 손을 거쳐 과육의 내면에 묻어 있을 텐데 그들은 그런 것에 전혀 신경을 쓰지 않는 모습이고 신경을 쓰는 내가 문제인 것처럼 여긴다. 청결하다고 무조건 건강하냐고 하면 그것도 아니라서 할 말도 없다.

또한, 지인들끼리 만나서 같이 식사를 하게 되면 나름 정을 표시한다고 본인이 먹던 젓가락으로 음식을 가져다주는 행위도 지금 이런 시기에는 삼가야 할 행위가 아닌가 싶다. 그뿐 아니라 식탁에 앉아서 젓가락으로 이를 쑤셔 대고 그 젓가락으로 음식을 헤집는 행동들도 경계하고 싶은 마음이다.

시간이 흐르지만 코로나19는 갈수록 번져 이제 유럽까지 퍼져가고 있다. 하늘길도 막혀 버렸다. 걱정이다. 계획했던 여행도 취소했다. 언제쯤 코로나19에서 자유로워질 수 있을까? 여전히 마스크는 착용하지만, 깨끗하게 손을 씻는 행위라던가 공중화장실 에티켓 등은 아직도 미비한 것만 같다. 대중목욕탕에 가면 대부분의 사람은 가볍게 샤워를 하고 머리를 감고 탕 안으로 들어가는 것이 일반적이다. 그마저도 하지 않고 바로 탕 안으로 입수하는 사람들을 보면 도무지 어떤 생각을 하고 사는 사람들인지 궁금해진다. 본인은 자기 몸이라 깨끗하다고 여길지 모르나 타인이 어떤 생각을 갖는지는 전혀 모르는 것 같다. 타인을 의식하지 않는 사람도 문제고 타인을 너무 의식하는 것도 문제다. 올바른 가치관과 원칙에 따라 세상을 살아가는 것이 쉽지 않다. 나의 하찮은 행동이 많은 사람에게 악영향을 주지 않도록 해야 함은 물론이다. 나의 건강이 가족과 사회를 건강하게 하기 때문이다.

코로나19 사태로 학생들의 개학이 4월로 미뤄지고 모든 시스템이 멈춤을 더해 간다. 정부에서도 사회적 거리 두기를 연일 홍보하다 보니 사람들과 만나서 교제할 수 있는 시간이 거의 없다. 서로 만남을 꺼리는 경우가 많기 때문이다. 우리나라의 코로나19에 대한 발 빠른 대응책은 외국에서도 우수한 사례가 되고 있지만, 신천지라는 집단의 왜곡된 종교 활동이 빚은 파장은 너무도 커서 난감한 상황은 진정될 기미가 없어 보인다. 게다가 해외에서의 전염 경로도 무시하지 못할 상황이다. 일상이 힘든 사람들이 많고 지쳐 가고 있는 상황에서 정부는 또다시 2주간의 멈춤이라는 지침을 내놓았다. 그나마 시간을 보낼 수 있었던 탁구장마저 정부 시책에 동참하기로 해서 나의 오후 운동 시간을 효율적으로 보낼 방법을 강구해야 할 것만 같다.

어제는 올해 들어 두 번째로 야외에 나가 쑥을 캤다. 오랜만에 바람 쐬기를 바라는 마음으로 올케도 모시고 다녀왔다. 자연은 어김없이 봄을 알리고 있었다. 여기저기 쑥쑥 자란 쑥이며 노란 개나리와 하얀 목련에 진달래꽃의 화사함이 정겹다. 성격 급한 벚꽃은 아름다운 자태를 뽐내는가 하면 바람에 지는 꽃잎도 많아 보인다. 언제쯤 코로나19의 위기에서 벗어나 안정된 일상으로 돌아갈 수 있을까?

　2019년 겨울에 시작된 코로나19는 지금 2021년이 되었지만 수그러들 기미가 보이지 않는다. 그나마 백신이 개발되고 우리나라도 접종이 시작된 지 얼마가 흘렀다. 백신의 종류가 달라 선택하려고 해도 그것도 맘대로 할 수 있는 것이 아니어서 사람들은 힘들어한다. 나도 6월 14일에 백신 접종 예약을 해 둔 상태다. 약간의 두려움도 있지만 자유를 포기하고 싶지 않기에 국가의 일정에 나를 맞춘다. 전염병이 창궐하던 과거에서 벗어난 현재를 살아가던 우리가 생각할 때, 전염병은 다시 없을 것으로 간주했다. 그리고 과거의 역사를 공부하듯 그렇게 전염병의 1종, 2종, 3종 등을 외우듯이 하며 경험하지 않은 전염병의 실체를 모르므로 가볍게 지나쳤다. 하지만 전염병은 또다시 이 시대를 살아가는 사람들에게 찾아와 두려움과 공포를 주고 있다. 지금은 인도에서 가장 많은 확진자가 생기고 있는 실정이다. 세계가 문을 닫고 사람을 두려워하고 피해야 하는 이 상황을 언제까지 겪어야 할까?
　60세가 넘은 나도 드디어 코로나19 예방 백신 접종을 했다.
　약간의 두통과 뻐근함이 동반되었으나 진통제 한 알을 먹고 호전되었다. 2차 접종을 하고 나면 자유롭게 여행을 갈 수 있을 것 같다고 하니 그나마 반갑고 기대된다.

24

5월의 신록과
식물

생필품 구매를 하고자 아침에 아파트 근처를 오갔다. 뜨겁지 않은 햇빛과 바람에 살랑거리는 나뭇잎의 초록이 여기저기서 나를 반갑게 맞이하는 듯하다. 지저귀는 새소리를 들으며 온통 초록으로 물들어 있는 사방의 풍경에 눈은 시원하고 깨끗한 공기는 숨소리를 내는 것이 미안할 정도다.

자연으로 인해서 내가 이렇게 편안하고 행복한데 난 자연에게 무엇을 주었나? 사월의 자연은 꽃향기로 가득했고 오월의 자연은 초록의 신선함으로 내게 무언가를 말하고자 하는 것 같다. 얼마 전에 상추, 깻잎, 미니 토마토와 가지, 호박과 고추 등의 모종을 사서 옥탑 베란다 화분에 심었다. 날마다 커 가는 모습을 지켜보면서 기존에 있던 블루베리의 꽃이 지고 열매를 맺어 조금씩 실해지는 모습, 장미와 달맞이꽃, 송엽국의 활짝 핀 모습을 보는 재미가 쏠쏠하다. 능소화도 줄기가 커 가고 있다.

작년에 채취하지 않은 도라지는 여전히 힘 있게 자라고 뒤편 베란다에서는 더덕과 하수오의 줄기가 휘감기며 잘 자라고 있다. 거실에 두었던 서양란은 3년 만에 함초롬한 모습으로 꽃을 피워 내서 우리 부부를 기쁘게 해 주어 좋았다. 각자 다른 자리에 두었던 화초들을 한 자리에 모아 놓고 물을 준다. 예전에는 내 몫이었지만 언젠가부터 이 일의 담당은 짝꿍 몫이다. 나의 건강 상태가 좋지 못하고 허리 통증도 가세해 힘들다 보니 되도록 허리를 굽히는 동작을 피하고자 함이다. 거실 안락의자에 앉아 물먹은 이들의 모습을 보는 것도 싱그러웠다. 각자 물방울을 올리고 창에서 비치는 햇빛을 받아들이는 화초의 모습을 보고 있으니 눈이 번쩍 뜨이고 입가에는 미소가 어린다. 살아 있는 모든 것이 아름답구나! 건강한 모든 것이 기쁨이구나!

식물들과 교감하는 시간이 그지없이 편하고 좋다.

25
경계

깨끗함과 더러움의 경계를 명확히 그을 수 있을까?

착함과 악함, 아름다움과 추함, 많음과 적음

너와 나, 우리와 남, 생명과 죽음,

물과 불, 진리와 모순의 경계 등…….

수많은 가치 기준이 혼란스럽다.

누군가 지어 놓은 경계 속에서 항상 같을 수는 없다.

보이는 것이 전부가 아니기 때문이다.

또한 변할 수 있는 것이

세상에 존재하는 모든 것이라고 생각되기 때문이다.

영원한 경계 또한 없을 테니까

모두가 자신이 만든 가치관에 의해

판단하며 살아가고 있는 경우가 많은 듯하다.

어렵다.

26

2020년

　지난 2019년 12월부터 지금까지 큰 추위도 없고 눈 한 번 내리지 않는 겨울이 계속되고 있다. 작은언니의 눈 상태가 심각해서 광주 이곳 유명 안과에서 진료를 받았다. 다소 호전될 수 있다는 희망의 메시지를 안고 수술을 하는 과정에서 작은언니와 자주 만나게 되었다. 서울에서도 수술을 꺼리고 회피하는데 지방 병원 의사가 자신감을 가지고 진료하는 것에 언니는 신뢰를 하게 되었으며 결과 또한 좋았다. 소원해졌던 우리 자매들의 사이가 그나마 좋아지게 된 계기가 된 것 같아 그나마 감사한 마음이다.

　언니의 건강 상태가 악화되는 일이 없기를 진심으로 바라는 마음이다. 작은 것도 놓치지 않는 언니의 섬세함과 자상한 배려는 언니가 가지고 있는 큰 장점이다. 젊은 시절 고생을 했지만 결과가 좋아서 지금은 누구보다 안정적인 경제생활로 누리는 삶을 사는 것이 보기 좋다.

27
선물 같은 11월 19일

햇빛이 눈부시게 찬란하다. 날씨가 꽤 춥다는 내용의 방송을 보긴 했지만, 집 안에서는 그렇게 춥지 않아 한가로이 옥탑 베란다에 올랐다. 넓은 창문 사이로 먼저 눈에 보이는 것은 바람에 심하게 나풀거리는 상추 이파리였다.

신발을 신고 창밖으로 나가 봤다. 싸한 공기와 산등성이마다 울긋불긋 채색이 곱게도 든 경치가 아름답다. 무등산에는 하얀 눈이 내렸나 보다. 사방으로 둘러싸인 단풍의 색과 가장 높게 자리한 무등산의 꼭대기에 드리워진 흰 눈의 조화는 자연이 주는 신선하고 가슴 벅차게 만드는 색깔의 향연이라고 해야 할까? 놓치고 싶지 않은 풍경이다. 유럽 여행에서 가끔 보았던 흰 눈과 단풍의 조화를 내 집에서 보고 느끼며 숨 쉬는 이 시간과 여유에 삶의 충만함을 느껴 본다.

바람이 차가울지라도 따사롭고 찬란한 햇빛 아래 아름답게 치장한 산들의 모습, 하늘과 구름 아래 무등산의 하얀 눈이 보여 주는 정취를 깊어 가는 이 늦가을에 내 가슴 안으로 온전히 받아들이는 이 순간 내 몸과 마음은 따뜻해지는 것 같다.

미세 먼지 없는 청정한 오늘은 뜻밖의 선물을 받은 느낌이다.

28

설중매

2019년 겨울에는 눈이 한 번도 내리지 않았다. 그렇게 겨울이 지나가나 했더니 2020년 새해가 되고 1월이 지나고 2월이 되더니 우리 집 매화는 꽃봉오리 하나를 터트렸다. 봄이 오려나 보다 생각하고 며칠이 지나고 보니 매화가 만개하기 시작했다. 2월 중순의 날씨는 정말 봄이었다. 그리고 이틀이 지난 어제부터 찬 바람이 불더니 비가 오고 눈발이 날리기 시작했다. 새로운 아침이 되었다. 침대에서 일어나자마자 창문을 열고 밖을 내다보았다. 하얀 눈이 난간마다 쌓여 있는 모습이 보였다. 설레는 마음으로 거실과 주방을 분주히 오가며 아침을 준비하면서 창문 밖으로 보이는 풍경에 두 눈이 행복했다.

우리 부부는 아침을 먹자마자 옥탑 풍경이 궁금해 위로 향했다. 장독대 위에 소담하게 내려앉은 하얀 눈이 그지없이 아름답다. 멀지 않은 산들에 하얀 눈꽃이 장관을 이루고 있고, 우리 집 매화는 말로만 듣던 '설중매'를 연출하고 있었다.

이렇게 아름다울 수가~!

눈보라와 햇볕이 교대로 지나간다. 찬란한 햇빛과 함께 눈부시게 하얀 눈이 내 마음 가득 행복을 선물한다. 사방 어디를 둘러봐도 하얀 눈의 설경은 정말 아름답다. 잠시라도 내 마음 한구석에 찌든 때가 있다면, 이 하얀 눈으로 모두 덮어 버리기를…….

첫눈이자 마지막 눈이 되지 않을까 싶다.

봄이 오는 것도 설레지만 겨울을 보내는 아쉬움 속에서 하얀 눈 꽃 세상을 내게 보여 준 자연이 내게 주는 행복에 감사하는 마음 가득하다.

29
나를 울린
라 트라비아타

코로나19로 공연, 전시, 체육 활동 등이 어렵게 되고 집 밖을 나가는 일조차 조심스러운 지금 미세 먼지도 한몫하며 숨쉬기가 어려운 생활을 하고 있다. 외출할 때마다 착용해야 하는 마스크도 답답하고 산에라도 오르고 싶은 마음은 있다. 하지만 뿌연 하늘을 보고 있노라면 그것도 쉽지가 않다. 집에만 있는 것이 조금 갑갑한 우리 부부는 극장에서 상영하고 있는 「라 트라비아타」를 관람하기로 했다. 모바일에서 시네마 상영 시간을 검색해 보니 오늘 오후 2시에 한 차례를 마지막으로 상영하는 것 같았다. 놓칠 수 없다고 생각하여 예매를 하고 10분 전에 도착하여 상영관에 들어갔다. 극장에는 우리 두 사람뿐이었다. 극장을 전세 낸 기분이었다.

여고 시절에 오페라 「춘희」를 관람한 적이 있다. 그때는 알프레도 역을 우리나라 성악가 엄정행이 맡았는데 나름 좋았다. 그리고는 뭐 특별히 기억나는 것이 별로 없다. 나는 오페라를 직접 관람할 기회가 거의 없다. 그렇다고 오페라 공연을 썩 좋아하는 것도 아니다. 하지만 클래식 음악이 주는 편안함과 감동은 무엇과도 바꿀 수 없기에 기대를 한껏 안고 시작을 기다리고 앉아 있는 시간도 좋았다. 로열 오페라 하우스 공연 실황을 이렇게 쉽게 볼 수 있다는 것이 실감이 나지 않을 정도였다. 약간의 설명과 1막은 부푼 가슴을 설레게 했고, 2막에서부터 라 트라비아타 역을 맡은 에르모넬라 야호는 나를 울리기 시작했다. 이미 알고 있는 내용이지만, 화류계에서 인기와 사랑을 한 몸에 받으며 살아가며 불치병을 앓고 알프레도와의 진정한 사랑을 꿈꾸었지만…….

중간중간에 베르디의 유명하고도 귀에 익은 음악들이 흥을 돋우고, 에르모넬라 야호의 연기와 슬픔에 찬 노래는 내 마음을 감동하게 하며 눈물을 흘리게 했다. 물론 제르몽 역의 플래시도 도밍고 노래도 좋았고 출연진 모두의 무대도 좋았지만, 비올레타를 열연한 배우로 인해 나는 그 시간만큼은 완전히 몰입했다. 어수선한 세상살이 속에서 이런 귀한 시간이 내게 주어진 것에 감사한다. 많은 사람이 모여서 관람을 하다 보면 산만한 이들이 늘 있게 마련이어서 짜증이 나는 경우가 더러 있었지만, 오늘만큼은 온전히 나를 위한 공연을 해 준 느낌이라 감동을 진하게 받았다. 항상 느끼는 것이지만 모든 것이 좋거나 나쁜 것은 없다. 좋은 게 있으면 나쁜 게 또 있는 것이 세상살이인 듯하다.

30

반짝이는 날에
트로트

쩽하게 반짝이는 햇살이 파란 하늘에서 눈부시게 빛나는 겨울 아침이다.

아침을 준비하며 주방의 작은 창으로 보이는 높은 산봉우리 두 개가 선명한 게 오늘은 미세 먼지 없는 좋은 날임을 알려 준다.

이틀간 열심히 반찬을 준비해 놓았기 때문에 오늘은 좀 여유로운 시간을 가져 본다. 짝꿍의 외투와 셔츠에서 떨어져 나간 단추를 달기 위해 바늘구멍에 실을 넣는데, 쉽게 되지 않아 눈의 노화가 점점 심해지는 것을 실감한다. 반짝이는 아침인데 나는 오늘 구슬픈 노래가 당긴다. 요즘 트로트라는 장르가 대세이다 보니 나도 모르게 듣는 가운데 중독이 되어 가는 건가?

요즈음은 노래 잘하는 사람이 너무 많은 것 같다. 그래도 그중 배호의 노래는 그 누구도 흉내 낼 수 없는 애절함이 느껴져 가끔 듣는다. 한국의 트로트 가수라면 남진과 나훈아를 빼놓고 얘기할 수 없을 만큼 그들의 노래는 많기도 하고 가슴에 들어오는 노래도 많다. 어려서는 몰랐지만 지금 내 가슴에 들어오는 목소리는 남진이 젊은 시절에 불렀던 「울려고 내가 왔나」가 으뜸이다. 지금 내게는 슬픔이 없는데 왠지 가슴을 촉촉하게 만든다.

대중 가수들의 호감도도 약간씩은 변하는 것 같다. 송창식의 「상아의 노래」가 좋았던 때, 최백호의 노래가 좋았던 때, 김경호의 노래가 내 가슴을 시원하게 해 주던 때, 김범수의 노래가 나의 감성을 채워 주던 때…….

　지금은 트로트가요제에 참가한 그들 중 누군가의 노래가 좋아 몇 번씩 들어도 보고 따라서 불러도 본다. 구성지고 애절함이 있는 목소리와 음정 속으로 나의 심장과 손가락 발가락이 장단을 맞추며 스며들어 간다. 각자의 취향에 따라 좋아하는 연예인도 다른데 그걸 가지고 뭐라고 시비를 거는 건 아니라는 생각이다. 또한, 기호가 바뀌면 스타일도 바뀌는 법. 영원한 것은 그 무엇도 없으니까~

　맑고 찬란한 오늘의 날씨처럼 내 몸과 마음도 이렇게 밝고 가볍게 빛나기를…….

31

안개 자욱한
아침

잠을 깨고 아침을 맞이하기 위해 창문을 열었다. 밝은 기운을 기대하고 창문을 열었지만, 밖은 컴컴했다. 안경을 끼고 밖의 풍경을 주시했지만, 아무것도 보이지 않았다. 뿌연 안개가 사방으로 짙게 깔린 아침이다. 이렇게까지 안개 자욱한 아침을 맞이해 본 것도 내 인생에 처음인 것 같다. 일기 예보를 검색해 보니 오늘은 맑고 따뜻할 것이라는 말을 믿고 아침을 준비하면서 세탁물을 찾아 세탁기에 넣고 분주하게 아침 시간을 보냈다.

아침 식사 후, 설거지를 끝내고 잠시 TV도 시청하고 음악 방송을 켜고 묵은 반찬거리를 찾아 맛을 내고 모양을 내며 하나씩 반찬을 만들어 갔다. 그러다가 얼마 전에 언니가 담가 준 무장아찌를 자르다 보니 그 짧은 시간에 내 손톱과 손가락은 물들고 냄새가 배었다. 문득 많은 사람의 손이 파노라마처럼 스쳐 지나갔다.

먹거리를 준비하고 만들기 위해서는 수많은 손놀림이 필요한데, 식자재를 손질하면서부터 고유의 성질을 가진 성분들이 색깔을 입히고 냄새를 피워 요리하는 손에 흔적을 남긴다. 손가락이 휘고 손톱이 닳고 거칠어진 손끝에는 색마저 들게 된다. 파, 마늘 냄새와 고춧가루의 색이 배어 있는 많은 사람의 손이 내게 먹거리를 제공해 주었던 사람들의 손이었다.

오늘 아침도 나는 그들을 생각하면서 미안함과 감사한 마음에 잠시나마 가슴이 먹먹해진다.

바흐의 음악이 와닿는 오늘 아침이다.

빨래를 널기 위해 베란다로 갔다. 창문을 다시 열어 봤다. 상큼한 공기 냄새다. 서서히 안개가 걷히고 있다. 사물이 윤곽을 드러내고 햇살이 보이기 시작했다. 10시가 넘어서부터는 봄의 기운을 느끼게 한다. 좋은 날이다.

안개 자욱한 아침에 내 마음속 잠시 먹먹했던 미안함은 좋은 날씨처럼 걷히고 고마움은 날씨처럼 피어 나간다.

32

희망과 행복의
서정시

우리 모두가 희망이라는 길에서
열심히 달려가는 곳

지금 우리는 오직 단 하나의
희망의 종착역

자유로운 일상을 누릴 수 있는
그곳에 가고 싶다.

모두가 가질 수 있고 희망하는 것
그러나 아무나 가질 수 없는 것
그것은 행복이라네.

가슴이 따뜻하게 차오르는 것
"좋구나."가
소리 없는 소리 되어 들리는 것
영원도 충족도 없는

그것은 실체가 없어
가지고도 모른다네.

욕망이 내려앉고
사랑이 차오르면
가질 수 있는 행복.

그것은 감사함의
열매라네.

33

2020년
12월 30일

하루를 남긴 올해의 마지막 날이다.

어젯밤부터 약간의 눈발이 날리더니 오늘 아침에는 소복소복 쌓이는 눈이 반갑다. 첫눈이다. 내 마음속에서는 얼마나 눈을 그리고 기다렸는지 모른다.

갈수록 귀해지는 눈 오는 풍경에 내 마음속은 부자가 되었다. 많은 눈이 내린 올해의 마지막 날이다. 밤새 내린 눈이 겨울을 준비하기 위해 들여놓지 못한 몇 개의 화분에 둥글게 또는 각이 지게 하얀 백설기를 많이도 만들어 놓았다.

눈을 돌려 넓은 시야로 이곳저곳을 둘러볼 때마다 감탄이 절로 나는 아름다운 설경에 나는 그지없이 황홀하고 행복하다. 무등산을 하얗게 덮어씌운 눈꽃들이 카메라 렌즈 위로 선명하게 나타나서 열심히 셔터를 눌러 대고 마음속의 님에게 전송도 해 본다.

길게 자란 고드름과 장독대의 소담스러운 눈꽃 상자들을 연신 살펴본다.

가까운 산과 나의 시야로 들어오는 나무 위의 눈꽃이 사그라지는 것을 염려하며 그렇게 아파트 테라스의 앞과 뒤를 오간다. 눈이 부신 햇살과 날리는 눈발을 맞으며 자연과의 데이트에 상당한 시간을 보내고 문을 닫고 아래층 거실에 내려와 차분한 연말 사색의 시간을 갖는다.

소원이 무엇인가?
단 하나의 소원은, 서로를 아끼고 위해 주는 마음으로 탈 없이 일상을 살아갈 수 있기를. 모두가 어서 코로나19의 위기에서 벗어나 마음껏 숨 쉬고 자유로운 일상에서 생활할 수 있기를.

34

부질없이
보내는 시간

오늘 하루를 어떻게 보낼까?
오늘 하루를 어떻게 보냈지?

내 삶에 주어진 시간을 알 수도 없는데 난 소중한 시간을 까먹으며 지낸다. 아침 7시를 전후로 기상하고 나름 종종거리며 발길을 옮기면서 일상을 지속해 나가고는 있지만 밀려드는 이 질문에 나는 허탈할 때가 있다.

어떠한 삶이, 어떠한 시간을 보내는 것이 헛되지 않은 것인가? 너무나 평온한 내 삶에 안위하며 살아가고 있는 것은 아닌지 가끔 겁이 난다. 심한 통증만 없으면 아프다는 것도 참아 가면서 그럭저럭 살아갈 만하다. 맛난 음식을 먹거나 좋은 사람들을 만나거나 필요한 것을 갖게 되거나 나의 존재를 깊이 있게 느낄 수 있는 시간에 가슴 벅차하면서, 보낸 시간만큼은 헛되지 않았다고 나름대로 생각하면서 지금 이 시간도 흐른다.

불과 일주일 전에는 혹독한 꽃샘추위를 보이더니 지난 월요일 서울 병원에 검진이 있어 가던 날은 제법 포근하다 못해 약간의 더위마저 느꼈다. 그리고 내일 화요일은 또다시 검사 결과를 들으러 가야 하는데, 봄을 재촉하는 비는 추적추적 내리고 내 마음도 우울하다.

코로나19로 인한 여러 가지 불편한 방역 시스템으로 우리 부부는 자가용을 이용해 다녀올 예정인데 짝꿍의 눈치가 보인다. 빗길 운전이 부담스럽게 느껴질까 걱정이다.

그것보다도 더욱 내 마음을 우울하게 하는 것은 나도 모르게 다소 쉽게 생각하고 소홀히 해 버린 나의 건강 관리가 맘에 자꾸 걸린다. 이런 생각을 하면서 불안하고 걱정에 휩싸인 시간을 보내는 것이 얼마나 부질없는 것인지 잘 알면서도 나는 오늘도 이렇게 시간을 까먹고 말았다.

35
자연의 유혹

또다시 봄은 왔다.

노란빛 눈부시게 활짝 핀 산수유, 여린 꽃잎 수줍게 피우려는 벚꽃, 하얀 얼굴 살포시 내민 목련이 아파트 단지 내를 화려하게 치장한다.

비 오는 날 우산 받쳐 들고 지저귀는 새소리에 고개 들어 쳐다보니 벚나무 가지에 앉아 바쁘게 날갯짓을 하며 지저귀는 새들. 청아한 소리에 잠시나마 자연으로 힐링을 하는 시간을 가졌다. 꽃이 예뻐서, 새들의 지저귐이 좋아서 지인들에게 사진 전송도 했다.

올봄에는 대체로 비가 잦다. 온전한 봄날이 머지않은 것 같다. 꽃들의 전쟁이 시작되었으니 아름다운 자태를 뽐내고 나면 스스로 낙화를 서두르고 푸름이 나를 또 유혹하며 찾아오겠지.

36

모방의 길

누군가는 모방이 창작의 어머니라고 한다. 예술 세계에서는 모방은 바람직하지 못한 행위라고 치부하기도 한다. 그렇지만, 모방을 통해서 발전하는 것은 많다. 일상의 대부분이 그렇다. 그 가운데 운동 중 하나인 탁구가 특히 그렇다. 처음 라켓을 잡은 순간부터 스윙하는 움직임과 스텝을 포함한 모든 것이 고수의 움직임과 방식을 따라 하는 행위를 거쳐 발전한다.

이제 내가 탁구를 시작한 지도 5년이 되어 간다. 그동안 쉼 없이 매일 조금씩 운동을 하다 보니 어느덧 세월 속에 탁구 실력도 조금은 발전한 듯싶지만, 여전히 내가 원하는 스윙과 공격 자세가 나오지 않는다. 잘하기보다는 멋지게 하고 싶은 것이 나의 바람이지만, 뜻대로 되지 않는다. 처음 1~2년은 전문가도 아닌 일반인에게 포핸드만 계속 지도를 받았다. 어떤 것이 정확한 것인지도 모른 채 공이 맞아서 상대 테이블 위로 가면 되는 것으로 생각했던 것 같다. 나를 처음 지도했던 분들은 그저 잘한다고 하고 그 당시 탁구장에 방문했던 분들도 잘한다고만 해서 나름 자신감을 가지고 했었다. 그러나 4~5부 정도 되는 나에게 많은 에너지와 가르침을 주었던 분은 나에게 정확한 포핸드 스윙이 아니고 드라이브 스윙을 한다고 지적했다. 고쳐 보려고 했지만, 되지 않았다. 지금 다니고 있는 탁구장에 와서 자세 교정을 다시 지도 받고, 코치의 시원스러운 드라이브 스윙도 흉내 내 보려고 노력하지만 역부족인 상황이다.

탁구장의 이곳저곳을 자주 옮겨 다니지 않고 한정된 사람들의 자세만 보다가 어느 날, 이곳 탁구장에 방문한 젊은 부부 중 여자 회원의 멋진 스윙에 감탄하지 않을 수 없었다. 빼어난 미모에 휜칠한 키에서 뿜어져 나오는 멋지고 정확한 동작은 나를 감동하게 했다. 거기다 매너와 성격까지 멋져 나도 모르게 고개를 숙였다. '공 하나를 치더라도 저렇게 멋지게 치고 싶다~'라는 생각을 하고 흉내를 내 보지만, 그렇게 멋진 스윙 자세는 나오지 못하는 것 같다. 그림도 글쓰기도 연기도 생활도 모방을 잘하는 것 같은데, 왜 이것만은 안 되는 건지? 어쩌다가 내가 선생도 많고 잔소리꾼도 많고 막무가내도 많은 탁구 세계에 들어와서 끝없는 모방의 길을 가야 하는 건지 때로는 회의감이 든다.

나의 건강을 위해서 재미 삼아 할 수 있는 운동을 선택하다 보니 탁구가 나의 일상이 되긴 했지만, 많은 시간을 투자한 것에 비하면 소득이 너무 적다. 탁구장에서 만나는 사람들도 정이 가는 사람을 만나기가 어렵다. 언젠가부터 어느 시점까지 내게 끊임없이 친구처럼 코치처럼 챙겨 가며 나를 위한 시간을 가졌던 젊은 승민 씨마저 보는 것이 어렵게 된 지금의 상황이 다소 힘들다. 게다가 코로나19로 인한 회원 감소가 두드러지면서 그나마 몇몇 회원의 멋진 스윙 동작도 볼 수 없게 되다 보니 오직 코치의 가르침과 동작이 나의 모방의 그림이다.

제5장

나누고 싶은 이야기

차 한 잔을 앞에 놓고
따뜻함과 기다림, 용기와 함께한다.
나 혼자만의 생각으로
그치고 싶지 않기 때문이다.
우리 다 함께 공감하면서
고개를 끄덕이고 몸으로 마음으로
전하고 싶은 이야기,
나누고 싶은 이야기가 있다.

01

일회용
봉툿값

시장에 가서 뭔가를 사면 대부분은 까만 비닐봉지에 담아 주는 것이 일반적이다.

봉지마다 드는 게 부담스러워 장바구니를 챙겨 가긴 하지만, 까만 비닐봉지가 편한 것이 사실이다. 하지만, 가까운 집 앞 마트나 대형 마트에 가게 되면 현실은 달라진다. 미처 장바구니를 준비하지 못한 경우라도 봉투가 필요하면 돈을 주고 구입해야 한다. 어느 날은 백화점 안 빵 가게에서 통밀빵과 피자 바게트, 팥빵 1개를 사서 계산대에 서 있었는데 봉투를 구입할 거냐고 물었다. 봉투를 구입하면 다음에 가져와서 환불을 받을 수 있냐고 물으니 그렇지 않다고 했다. 말하지 않아도 한두 개의 빵은 친절하게 봉투에 담아 주던 곳에서 갑자기 봉툿값을 요구하니 얼마 되지 않아도 기분이 불쾌한 채로 돈을 지불하고 봉투에 담아 왔다. 요즘은 가게에 갈 때마다 불편을 겪는다. 미리 장바구니나 봉투를 챙기지 못한 채 뭔가를 사야 할 때마다 억울하다는 생각이 든다. 시장이나 소형 점포는 봉툿값을 받지 않고 주는데, 매장 규모가 있는 곳에서는 사정이 달라지는 것이 비합리적이라는 생각이 든다.

환경부 정책으로 일회용 사용을 자제하려는 시도는 나도 찬성

하지만, 소비자를 위하는 법이 아닌 것 같아서 불만이다. 경제적으로 더 열악한 시장이나 소규모 점포는 봉툿값을 받지 않고 큰 상점에서는 봉툿값을 받고 있으니 뭔가 방법이 있어야 하지 않을까 싶다. 대형 마트는 그래도 조금 사정이 유연한 편이지만, 동네 마트는 또 다르다. 장바구니를 가져가도 할인 금액이 없고 무조건 봉툿값 50원을 받는다. 상인은 봉투를 구입하지 않아도 되고 소비자에게 봉툿값을 받으니 좋을 테지만, 소비자에게는 어떠한 혜택도 없는 정책이 뭔가 어설프고 기분 나쁘다.

02

양심의 손

　나로 하여금 다른 누군가가 수고하지 않기를 바라는 마음으로 살아간다. 재활용 쓰레기와 음식물 쓰레기를 버리러 가는 날이면 속상하다.

　분명 분류가 되어 있는 데도 불구하고 마구잡이로 버린 양심의 손이 밉다. 음식물 수거함을 열자마자 버리지도 않은 비닐봉지가 걸려 있고 통 안에는 음식물과 함께 투척해서 버린 까만 비닐봉지가 있는 날이 너무 많기 때문이다. 비닐이 음식인가?

　아무리 본인이 먹을 것이 아니고 동물의 사료로 사용될 것이라지만, 어차피 우리는 그렇게 사육된 동물을 섭취하게 될 것인데 눈앞에 보이는 더러움과 잠깐의 수고를 하지 않기 위하여 양심을 버린 그 손길이 미운 것이다. 이뿐만이 아니다. 대부분의 사람이 내 것이 아니면 남의 것으로 생각하며 살아가는 모습을 많이 본다. 우리라는 개념을 망각하고 살아가는 듯싶다.

　아파트 2층에 살면서 항상 엘리베이터를 이용하는 걸 보면 그 또한 답답하다. 장애를 가진 것도 아니고 어디가 불편한가 살펴도 보지만, 그것도 아니고 뚱뚱하다 싶을 정도로 건장하고 젊은 부부가 너무 편하게 기계 문명에 몸을 맡기는 것이 좋아 보이지 않는다. 계단이며 화단의 가로수 옆길에 버려진 쓰레기들도 누군가는 또 그것을 치워야 하고, 편한 대가로 사용했던 기계에 다른 사람들이 수고한 대가를 치러야 하는 것이 안타깝다.

목욕탕에서도 마찬가지다. 내 것이 아니니 아까울 것이 없는 것 같다. 수도꼭지를 틀어 놓고 대야에 물이 넘쳐도 잠글 생각이 없다. 이곳저곳에 사용하고 던져 버린 수건들. 나뒹굴고 있는 용품들이 소리를 지르는 것 같다.

03
나의 아픔에
공감해 주는 마음

    내 삶에서 가장 충격적이고 힘들었던 것은 역시나 암 투병 시절일 것이다. 처음 암 진단을 받고 나서부터 어려운 상황에서 완치를 목적으로 치료를 시작한다는 의료진들의 발표를 듣고 여러 가지 선택해야 하는 것들과 견뎌야 하는 문제들이 남아 있었다.

    의료진의 결정만으로 되는 것이 아닌, 내가 선택해야 하는 문제들은 그때 당시 암에 대한 지식도 없던 내게는 또 다른 어려움이었다. 보편적인 방법을 선택해서 8번의 항암 치료와 수술 이후 39번의 방사선을 해야 한다는 계획에 따라 치료가 시작되었다. 항암 주사를 처음 맞고 집에 와서 난 아무것도 먹을 수 없었고 냄새도 맡을 수 없었으며 그저 누워 지내야만 했다. 아무것도 먹을 수 없는 것에 우리 집 짝꿍은 당황하며 병원 담당 간호사에게 전화를 걸어 무슨 방법이 없겠냐며 항의성 질문을 던지기도 했다.

    어쩔 수 없이 나는 요양 병원 입원을 결정하고, 항암 치료를 하는 동안 그곳에서 생활하기로 했다. 낯선 환경과 환자복을 입은 사람들이 나를 우울하게 했다. 입원 절차를 마치고 방을 배정받고 떠나는 짝꿍을 보며 나와 그는 눈물을 보이지 않을 수 없었다. 그렇게 요양 병원에서의 생활이 시작되었다. 대부분의 환자는 수술을 거치고 항암 치료를 하면서 요양 병원에 입소를 했다. 나는 먹는 것도 모두 암을 키우는 것 같아 맘대로 먹을 수도 없는 마음이 가득했다. 그래서일까? 다 같은 환자인데도 모두가 나보다 잘 먹고 힘도 좋았다. 산책을 하다가도 나는 힘이 없어 쉬어 가야 했고, 멀리까지 나가는 것이 버거웠다. 그러다 보니 요양 병원에서조차도 나는 공주처럼 행동했다. 환우들이 특별한 음식을 해 놓고 부르면, 가서 마지못해 먹는 것처럼 몇 숟가락을 들다 말기를 반복했다. 병원에서 패키지처럼 치료에 보탬이 되는 여러 가지 시술과 주사, 약 처방도 모두 받았다. 고액의 고주파 치료를 받으면서 보험 가입을 해 둔 것에 감사했다. 초기 환자들과는 상태가 다른지라 모두가 신경을 썼다. 약 2주에 한 번꼴로 서울 병원을 드나들며 항암 주사를 투여받기 위해서 나름 건강과 관련된 측면에서 먹거리를 신경 쓰지 않을 수 없었다. 그래서인지 백혈구 수치가 모자라거나 간 수치가 높아서 항암 주사를 거른 적은 없었다.

우리 집 짝꿍은 황태를 고아 만든 물과 계란 속에 피마자 씨앗을 넣어 삶은 것과 문어를 삶아 주기적으로 가져왔다. 큰언니와 올케는 닭발을 고아서 만들었다는 묵처럼 생긴 것과 호박죽과 양배추즙 등 입맛을 잃어 먹지 못할 때마다 먹을 수 있는 무언가를 대령해 왔다. 항암 치료 시작 전과 후엔 반드시 먹는 음식들이 있었다. 항암 치료 전에는 꼭 소고기를 먹었고 후에는 해독을 위해서 옻닭을 먹었다. 좋아하지 않는 고기를 아프면서 많이 먹기 시작했다. 나의 먹거리를 보고 따라 하는 사람들이 많았다. 이후 방사선 치료를 하는 과정에서도 환우들 모두 나의 보조 치료법을 따라 했다. 최소한 생수500㎖ 이상 특정 브랜드를 주문하여 마시기, 후코이단과 세레나제 복용, 따뜻한 배 만들어 주기 등이었다. 항암 주사 투여 3~4일 전후로 요양 병원에서 보조 요법을 시행하기 위해 또 다른 주사를 맞을 때마다 혈관을 찾지 못해서 내 손 이곳저곳은 피멍이 가시지 않았다. 그러나 유능한 간호사는 거기에도 있었다. 한 번에 혈관을 찾아 아픔 없이 주삿바늘을 꽂아 주는 그녀는 나에게는 고마운 천사였다.

예민하기 그지없는 나는 요양 병원 생활이 편하지는 못했다. 2인실에 입원하여 생활했지만, 가위눌려 잠 못 이룬 밤이 많았고 뒤척거리며 밤을 새운 날이 많았다. 그러다가 서울 병원에 가기 위해 집에서 하룻밤을 자게 되면 꿀 같은 단잠을 취했다. 견딜 만하다 싶으면 또다시 항암 주사를 맞고 일주일 정도를 시름시름 힘없이 지내다가, 힘이 나면 또다시 항암 주사를 맞는 날이 다가오고 하는 것이 6개월에 걸쳐 이루어졌다. 항암 치료 기간 내내 나는 맛있다고 생각하는 음식이 없었다. 그뿐만 아니라 어느 때는 심한 변비로 너무 힘을 쓰다가 졸도 직전까지 가며 온 사지의 신경이 아파서 숨을 쉴 수조차 없을 때도 있었다.

어느 때는 계속되는 설사로 고생을 한 적도 있었다. 그렇지만 나는 마음속으로 늘 '이 또한 지나가리라~'라고 생각하며 견뎠다. 2차 항암 치료를 하고 검사를 했을 때부터 내 몸 안의 암은 손을 들기 시작했다. 항암 치료를 할 때마다 소멸하고 작아지는가 싶더니 마지막 항암 치료 이후에 암이 깨끗하게 사라지고 없다는 말을 들었을 때는 정말 기뻤다. 삼중음성유방암의 특성상 전이와 재발의 소견이 높다는 소리를 듣고 우리는 경계를 놓지 않으려 애썼다. 수술도 필요 없을 것만 같았다. 그러나 우리 부부의 생각과 달리 병원에서는 수술을 통해서 확실한 암의 뿌리를 없애고, 조직 검사를 통해서 조금이라도 남아있을 암의 인자를 차단하기 위해 수술을 권했다. 우리나라에서 유방암 최고 권위자인 서울대 병원의 노동영 교수는 나와 인연이 없었던지 내가 치료를 위해 병원을 수소문 할 무렵 파업하고 있어 그다음으로 유명한 안세현 교수와 인연이 되어 수술을 받았다.

들은 바에 의하면 노동영 교수는 인품 또한 훌륭하며 환자를 따뜻하게 대하고 이곳 안세현 교수와는 조금 다른 듯싶었다. 그렇지만 이것도 감사할 일이다. 방사선 치료차 서울 요양 병원에서 한 달 넘게 있을 때, 나는 복이 많다고 다른 환우들 모두가 부러워했다. 항암 중 나는 담당 간호사가 배정되어 많은 업무를 도와주고 나를 직접 케어해 주었다. 수술이 잘못된 사람도 많고 전문의가 아닌 경우도 있고…….

그렇게 수술 직후 마취에서 눈을 뜨자마자 나의 손은 가슴으로 갔다. 다행히도 살아 있는 내 가슴에 한숨을 쉬고 또다시 눈을 감으며 편한 잠에 취했다. 그리고 한 달 후 또 방사선 치료가 시작되었다. 여름이었다.

상반신 전체에 파랗고 빨간 선들이 교차하고 있었다. 알 수 없는 지도 같은 그림을 그려 놓고 지워지면 안 된다 해서 마음 놓고 샤워도 제대로 하지 못하고 대충 물로만 씻으며 여름을 이겨 내고 있었다. 일주일에 한 번씩 광주행 버스를 타고 집에 올 때면 뭐가 그리 좋은지 마음부터 설렜다. 터미널에는 항상 그가 마중 나와 있었다. 몸에 좋은 음식을 골라 가며 몸보신을 해 주었다. 그러던 어느 날부터 심한 허리 통증이 시작되어 잠을 잘 수가 없었다. 올케가 구해 준 산삼을 먹고 거짓말처럼 허리 통증이 사라졌다. 환자처럼 보이지 않으려고 가발과 모자를 함께 눌러쓰고, 제법 예쁜 옷으로 치장하고 나서면 모두 멋지다고 한마디를 던졌다. 방사선 밑그림이 보일까 봐 깊게 팬 옷도 못 입고 밝은색의 옷도 입을 수 없었지만, 희망을 안고 치료하며 오가는 길이 그다지 힘들지는 않았다.

요양 병원 셔틀버스를 타고 아산 병원으로 가는 길에 매미 울음소리가 여름의 절정을 알렸다. 그렇게 여름이 가면서 나의 치료도 끝나 가고 집으로 왔다.

한동안은 바깥에 나갈 수 없이 힘이 부족해서 우리 집 짝꿍이 가사를 많이 도왔다. 그렇게 나의 일상이 다시 시작되고 있었다.

아프고 힘들었던, 두렵고 겁났던 그 상황을 겪어 보지 못한 사람은 나의 이런 이야기가 따분할 수도 있겠고 엄살처럼 느껴질 수도 있다. 하지만 다시는 이러한 상황에 부닥치고 싶지 않은 나는 나를 불편하게 생각하거나 이해하지 못하는 사람에게 서운하다. 내 몸에서 보내는 신호에 늘 긴장하고 조심해야만 하는 나의 마음에 공감해 주는 마음을 조금만 가져 주면 감사함에 상대를 더욱 좋아할 수 있으련만…….

나와는 상관없다는 듯 전혀 개의치 않는 태도를 보면 가슴이 아프다. 나는 공감하는 마음이야말로 서로가 가까워질 수 있는 기본적인 도리라고 생각하지만, 상대는 아닌 경우가 많다. 나의 투병 시절에 내게 힘이 되어 주고, 병문안을 해 주었던 사람들과 관심을 가졌던 모든 사람에게 시간이 지나도 미처 챙기지 못하고, 감사한 표현도 못 했던 것이 미안함으로 많이 남는다.

나와는 상관없는 듯 무심하게 지나친 사람들이 나의 아픔을 공감하지 못하거나 표현하지 않았다고 해서 서운함마저 없는 것은 아니다. 아픔이나 상처는 각자의 몫이며 누구라도 다른 유형의 아픔이나 상처는 있을 것이기에 더 이상은 공감을 기대하지 말아야지.

그렇지만 누구라도 마음의 아픔이나 몸의 아픔이 찾아오는 건 막을 수 없기에 우리 모두 아픔에 힘이 되는 너와 내가 될 수 있으면 좋겠다는 생각에는 변함이 없다.

04

잘사는
우리나라

　요즈음엔 지역별 테마별 축제가 끊이지 않고 열리는 것 같다. 관광지부터 시작해서 영화관, 가까운 산 등 어딜 가더라도 사람들이 넘쳐난다. 식당도 마찬가지다. 좀 맛있다고 소문이라도 난 집은 번호표를 받고 대기해야 하고 비싸서 잘 가지 못한 음식점도 마찬가지다.

　도로와 주차장마다 자동차는 만원이고 게다가 외제 차까지 너무 많이 자주 보인다.

　몇 년 전 우리 집에는 10년을 탄 자동차가 있었다. 제법 생김새가 듬직하고 예쁘게 디자인이 된 차였는데 휘발유가 너무 많이 소비되는 큰 단점이 있었다. 그 자동차가 우리 집에 오기까지 사연이 있었지만 그때 광주에서 그 차종을 보는 것은 어려웠다. 이후에 눈을 돌리면 한둘씩 보이는 것이다. 자동차 안에서 우리 부부가 한 말이 있다. "수입이 얼마나 많으면 저렇게들." 물론 우리도 예외는 아니었지만. 나 역시 처음이자 마지막으로 자동차를 구입해서 14년 정도를 타고 아프면서 폐차를 했다. 자동차 운전을 별로 좋아하지 않기도 하지만 몇 가지 불편한 것을 빼면 대중교통을 이용하는 것이 훨씬 편하고 자유롭고 좋다. 내가 자동차를 구입할 당시 근무처인 학교뿐만 아니라 밤에 공부하러 가고 다른 곳에 강의가 있다 보니 어쩔 수 없이 자동차를 구입하게 되었고 초보 운전이다 보니 이것저것 부담 없이 경차를 구입하게 되었다. 난 그것도 좋았다. 근데 세월이 조금씩 흐르면서 학교에 가면 학생들의 차가 기세등등하게 나의 차를 기죽이고 있는 것처럼 보이기 시작했다. 거기다 외부 강의라도 가게 되면 담당자들이 나와 있거나 배웅을 해 주는데, 나의 차를 보는 것이 다소 부담스럽게 느껴졌다. 우리나라 사람 대부분이 보이는 것으로 사람의 가치 평가를 한다고 생각한다. 그래서 나의 인격과 가치를 경차 취급하는 것은 용납할 수 없다고 생각해서 때로는 택시를 이용하거나 짝꿍이 데려다주기도 했다. 자가용의 장점은 내가 필요한 곳에서 목적지까지 기다릴 필요 없이 움직일 수 있고 시원함과 따뜻함을 조절할 수 있는데, 대중교통은 나의 상황과 맞지 않을 때가 많다. 도로에서 추위와 더위에 기다려야 하고 무거운 것을 들고 타는 것은 더 힘들고 냉방과 난방이 너무 후하다.

특히 5월의 날씨가 덥다고는 하지만 참을 만한 것 같은데 시내버스에 타면 바로 에어컨의 위력에 몸이 위축되고 소름이 돋는다. 나만 그런가 하고 돌아보면 다른 이도 별반 다를 것이 없는데 너무도 센 냉방 기운에 기사 아저씨를 쳐다보니 아저씨는 긴소매에 조끼까지 입고 있다. 시내버스와 지하철에 쓰이는 정부 지원금이 적자라고 들었다. 한낮 더운 시간도 아닌데 굳이 에어컨 가동을 지속해야 할 필요가 있을까? 아직 한여름도 아닌데…….

버스만의 문제가 아니다. 백화점, 영화관, 예식장 등 사람들이 조금만 많이 모이는 곳이면 여지없이 실내에서는 추위를 느끼게 된다. 언제부터 우리나라가 이토록 잘살게 되었는가? 나의 개인적 견해는 여름에는 다소 땀을 흘리더라도 더워야 하고 겨울에는 추워야 하는 것이 맞는 이치가 아닌가? 조금만 더우면 에어컨을 가동하고 조금만 추우면 보일러를 가동하여 자연의 추위와 더위를 막으려는 게 안타깝다. 모두가 근로와 노동으로부터 멀어지고 전력 자원과 휘발유 등은 수입해서 쓰면서도 너무 쉽게 낭비한다. 먹을거리는 지천으로 널려 있고, 아동 복지며 노인 복지도 날로 좋아지고 잘사는 우리나라가 분명 맞다. 근데도 진정 잘사는 것 같지가 않다. 나와 관련 없는 사물에 대해서는 너무도 냉정한 경우가 많고 공공질서나 타인을 배려하는 여유로운 마음도 보기 어렵다. 하지만 학연이든 지연이든 어떤 인연으로든지 맺어진 관계에 대해서는 상당히 관대하고 끈끈하다는 생각이 든다.

　잘사는 나라, 행복 지수가 높은 나라들을 여행하거나 책을 통해서 보게 되면 그들은 확실히 우선 얼굴에 미소가 있다. 누구를 만나거나 나이 고하를 막론하고 먼저 인사하며 좋은 일에는 같이 기뻐하고 슬픈 일에는 같이 슬퍼할 줄 알며 서로를 믿고 의지하는 문화다. 어지간한 추위에도 난방은 20도를 넘지 않으며 작은 것도 쉽게 버리지 않고 재활용을 하는 것이 습관화된 것 같았다. 진정으로 잘사는 우리나라를 꿈꾼다. 모두가 행복할 수는 없지만, 다수가 행복하고 노동이 귀하며 노력만큼 대우를 받는 세상이 되어 직업의 귀천이 없는 사회와 참으로 잘사는 우리나라를 꿈꾼다.

05

몸이 부르는 향기,
마음이 부르는 향기

우리는 좋은 냄새를 향기라고 한다.

주로 꽃들과 식물에서 나는 냄새 중에 좋은 것을 골라 향수도 만들고 오일도 만들고 비누도 만들고…….

인류는 오래전부터 향기가 신체의 마음과 정신을 안정시키고 아름답게 한다는 사실을 알고 있었다. 향기 나는 식물에서 추출한 휘발성 물질을 사용하여 심신을 건강하게 하는 것을 아로마 테라피(Aroma Therapy)라고 하는데 요즘 대체 의학 분야에서 많이 활용하고 있는 듯하다.

아주 옛날, 꽃이나 허브 수지 등을 사용하여 종교 행사를 할 때 신에 대한 경의의 표시로 연기를 피워 향을 발산했다고 한다. 우리가 향수를 영어로 '퍼퓸(Perfume)'이라 하는 것도 따지고 보면 통한다는 의미의 'Per'와 '연기'의 'Fume'이 합성되어 만들어진 것이라 하며 현재 향수란 향료를 알코올 용액에 희석한 것을 향수라 부른다.

자연에서 풍기는 황홀한 향기들은 많다. 그렇지만 그것의 영속성이 없는 것은 아쉽다. 가끔 꽃을 보면서 향기를 맡게 되면 그 순간 생각나는 사람에게 향기를 보낼 수 있다면 참 좋겠다고 생각하게 될 때가 더러 있었다. 과거에 나는 산과 흙에서 나는 냄새를 좋아했다. 그리고 세월이 흐르면서 샌달우드 향이 나의 후각을 깨웠고 정신세계를 맑게 하는 것을 알게 되었다. 이후부터 난 향수에 관심이 생겼고, 오데 토일렛과 오데 퍼퓸을 사용하다 농도가 좀 더 진하고 지속 시간이 긴 퍼퓸을 선택해서 사용하게 되었다. 샌달우드, 즉 백단향이라고도 하는 나무에서 추출한 향이 나를 편안하고 행복하게 했다.

백단향은 성경에도 언급된 것으로 솔로몬 왕의 신전 건립에 사용하도록 계시를 받고 그대로 지었는데, 그 후 신전에 좋은 향기가 가득했다는 기록도 있다고 한다. 또한 현재까지 불상을 만들거나 종교 의식에 사용되기도 한다고 한다. B사의 샌달우드 향이 배합된 향을 오랫동안 사용해 오다가 로즈 향이 언제부터인가 나를 행복하게 했다.

얼마 전, 이탈리아 여행 중에 카프리 섬을 관광하던 중 베르가모트 향이 주원료로 사용된 향수를 알게 되어 구입하고 사용하게 되었는데 내게는 단연 최고다.

뭐라 표현해야 할까? 산뜻하면서 황홀하고 개운한 느낌.

인위적인 향기를 얻기 위해 때로 향수를 사용하고 있지만, 진정 나를 취하게 만드는 향기는 사람들에게서 풍기는 따뜻한 향기다.

마음으로 부르는 향기다.

06
대화의
방법

    세상 속에서 사노라면 이 사람 저 사람 원하든 원하지 않든 여러 사람과 만나거나 마주하게 되는 것이 인지상정이다. 거기다 어떠한 이유에서라도 모임을 자주 갖거나 대화의 시간을 길게 갖게 되는 경우엔 사람들에게서 풍기는 향기를 맡게 되고, 인상을 찌푸리게 되는 경우도 있다. 항상 겸손이 앞에서 품위를 만드는 사람. 옆에선 맞장구로 화답하는 사람. 뒤에선 조용히 충고할 줄 아는 사람이 있는가 하면 타인의 형편과 상황 등은 고려하지 못하고 자기 생각과 주장을 앞세워 자존심을 건드리는 사람, '나는' 이라는 단어를 늘 구사하면서 뭔가 다름을 표현하고자 하는 사람, 옆에서 신나게 얘기하고 있는데 나는 그렇지 않다며 찬물을 끼얹는 사람, 대화 도중에 연신 다른 곳으로 시선을 돌리는 사람, 말하고 있는 사람을 무시하고 다른 사람에게 시선을 주며 다른 이야기를 하는 사람 등 너무 많은 종류의 사람이 있다. 말을 하지 않고 살 수는 없다. 칼로 입은 상처는 꿰맬 수 있지만, 말로 입은 상처는 꿰맬 수 없다고 하지 않는가? 내가 뱉어낸 말이 참으로 쓸데없는 소리가 되어 상대에게 상처는 주지 않았는지 늘 신경을 써야 할 부분이다. 나 또한 사람들과 얘기하는 것을 그다지 좋아하지 않다 보니 대화를 매끄럽고 유쾌하게 하지는 못한다. 필요한 장소와 나의 얘기를 경청하길 원하는 사람이 있을 때는 얼마든지 대화의 흐름을 유연하게 할 수 있지만, 평소에는 그냥 듣는 편에 속하며 나와 생각이 많이 다르다거나 삶의 방식이나 질이 다르면 다소 입을 다문 채로 있는 경우가 많다.

지금 우리가 사는 이 시대는 모든 사람이 똑똑하고 많이 알고 나름 자신의 처신을 최선이라 생각하며 살아가는 듯하다. 그런데 그 속에서 내가 알면 얼마나 알 것이며 내가 잘하면 뭘 얼마나 잘할 것인지 때로는 부끄럽기도 하다. 자신도 없고 말하는 것이 그냥 싫을 때도 있어서 조용히 있을라치면 속에서 차오르는 반론과 자존감이 나를 힘들게 할 때도 있다. 내가 지금껏 적당한 사회생활과 가정생활을 하고 보니 학식이나 종교보다는 타고난 그 사람의 성향이 대화의 방법을 만드는 데 큰 역할을 하는 것 같다. 배움에는 나도 뒤떨어지지 않게 끊임없이 많이 배웠다고 자부하고 종교적인 힘으로 많은 것을 자제하고 이겨 나가고 있다. 하지만 그것보다는 타고난 성향이 부드럽고 상대를 배려하는 마음을 가지고 있는 사람이 확실히 상대방을 편안하게 하며 대화를 잘하도록 만들어 주는 것 같다. 거기다 배움과 종교적 힘이 더해진 사람이야말로 향기로운 대화를 이끌어 나갈 수 있는 사람이 분명하다.

우리는 사람과 사람 속에서 항상 많은 대화를 하고 살아가고 있지만, 정작 대화의 방법까지 생각하며 대화하는 사람은 그렇게 많지 않은 것 같다. 부모와 자식 간이나 형제자매 간에도 생각이 다르고 표현 방법이 다른데, 하물며 남이야 얼마나 내 생각과 표현에 좋은 반응을 보낼 것인가? 정말로 나와 생각이 많이 다르거나 표현이 많이 거슬린다면 모를까. 그렇지 않다면, 눈을 반짝이며 입가에는 미소를 띠고 고개는 끄덕이며 설령 내 생각과는 다르더라도 "그래그래~", "맞아~"라고 하면서 그가 신나게 얘기할 수 있도록 하자. 그러나 참다운 말이 나올 수 있게.

　개인의 이미지는 본인에 의해 결정되는 것이 아니라, 타인이 보고 느낀 것에 의해서 결정된다. 각자의 생활 방식과 인간관계 형성에까지 영향을 주기 때문에 말 하나에도 나의 이미지가 전해진다는 사실을 인식하며 살아야 하지 않을까 생각해 본다.

황소와 사자의
사랑 이야기

어느 스님에게서 들은 이야기다. 많은 사람에게 들려주면 처음 듣는 얘기라면서 공감을 하게 되는 이야기다.

어느 날 황소는 들에서 열심히 풀을 뜯으며 유유히 시간을 보내고 있었다. 산에서 사냥을 하다가 들판까지 잘못 내려온 사자가 풀을 뜯는 황소에게 시선이 갔다. 사자는 너무도 여유롭고 아름답게 풀을 뜯는 황소에게 반한 나머지 다가가 혼인 신청을 했다. 황소 역시 늠름한 사자의 모습에 반해 서로는 사랑으로 살아갈 것을 맹세하고 결혼 생활을 시작했다. 둘은 서로를 너무도 사랑하고 아껴서 최선을 다했다. 사자는 열심히 사냥한 동물들을 황소에게 가져다주었으며 황소 역시 열심히 풀을 뜯어다 밥상을 차리고는 했다. 그렇게 시간이 흘러가고 둘은 더없이 행복한데 말라만 가고 있었다. 왜 그럴까?

서로에게 최선을 다한 삶에 행복하기만 한데, 몸은 피폐해 가고 지쳐만 가는 육신에 생이 얼마 남아 있지 않은 이들의 삶. 무엇이 문제인가? 상대가 최선을 다한 사랑과 대접일지라도 내게 맞지 않으면 그것이 무슨 소용이겠는가?

애초에 서로 맞지 않은 짝이기도 했다. 사랑이란 내가 원하는 것을, 내가 좋아하는 것을 상대에게 열심히 해 주고 난 최선을 다 했노라고 말하는 것이 아니다. 상대가 원하는 것이 무엇인가 상대가 필요한 것을 제공해 주고, 상대에게 긍정의 무한 에너지가 생길 수 있도록 해 주는 것이 진정한 사랑이라는 교훈을 주는 이야기다.

08
사람과 일

요즘 들어 외식 문화가 더욱 발달하다 보니 많은 식당을 찾게 되는 것이 현실이다. 나는 물론 어려서부터 지금껏 제대로 요리다운 요리를 해 본 기억이 별로 없고 누군가를 초대해 대접해 본 적도 없다. 요리하는 것을 싫어하는 것은 아니지만 기회가 별로 없었고 까다로운 나에게 요리는 좀 복잡한 과정의 일 중 하나라고 할까? 겨우 삼시 세끼 먹는 것도 좀 어려운 일상의 과제가 되어 부담스러울 때가 많다. 김치나 밑반찬의 경우는 올케나 언니, 지인들이 주로 해 주는 편이므로 나는 나이 60에도 어른다운 여성은 아닌 듯싶다. 그러다 보니 요리 과정이 좀 복잡하거나 보양식을 먹어야 할 때면 여지없이 식당을 찾게 된다.

우리 단골 식당 중 한 곳은 민물장어구이를 하는 집인데, 내가 육류를 선호하지 않으면서도 민물장어를 좋아하는 이유는 치아에 무리가 없고 소화도 잘되고 먹고 나면 확실히 몸이 신호를 보내는 것처럼 든든함이 느껴지기 때문이다. 여러 곳을 다녀 봤지만 그중 맛이 좋은 편에 해당하는 이곳 식당을 가면 만나게 되는 종업원들이 여러 명 있다. 이곳은 우리가 찾을 때마다 사람들이 붐비는 식당인데 자리에 앉게 되면서부터 종업원의 업무 처리 과정을 보며 비교하지 않을 수가 없다. 서빙을 하는 어떤 아줌마는 화가 단단히 난 표정으로 시종일관 그릇들을 팽개치듯 쟁반에 담거나 식탁에 올리고 그릇이 바닥에 떨어져 큰 소리가 나서 옆 사람들이 쳐다봐도 아무렇지도 않은 듯 한참 후에야 그릇을 주우면서도 표정과 태도가 너무도 당당한 것이 무섭게 느껴진다. 어떤 아줌마는 웃는 표정으로 손님이 원하는 것을 가져다주고 눈인사를 건네고, 5년 이상 변함없이 겸손하고 예의가 바르고 누구보다 자기 일에 최선을 다하는 모습을 보이는 분이 있다. 숯불 담당 아저씨인데 시종일관 예의 바른 인사를 건네며 어쩌다가 오랜만에 가기라도 하면 여지없이 "오랜만에 오셨습니다." "맛있게 드십시오."라는 멘트를 하며 정중하게 고개를 숙인다. 숯불을 놓고 비켜가는 그분은 주인보다도 더 주인 같은 태도와 직업의식이 철저하게 보인다. 한여름 삼복더위에 사람이 밀려들고 숯불의 더운 열기와 과한 업무로 지치고 짜증도 날 만하지만, 그분은 한 번도 얼굴을 찡그리거나 대강 넘어가는 것을 보인 적이 없다. 자기 일을 사랑하고 최선을 다하는 모습이 아름답게 보인다.

09

버스 안의 풍경
(어느 버스 기사의 횡포)

모처럼 우리 부부는 토요일을 각자 보내게 되었다.

그래서 점심 약속을 하고 37번 시내버스를 타게 되었다. 버스는 제법 많은 사람이 타고 있어서 빈 좌석도 없고 편하게 손을 잡을 곳도 없었다. 우리 집에서 두 정류장을 지나 남광주역에 서니 많은 사람이 하차했고 마침 빈자리가 나서 앉아 가게 되었다. 그리고 한 정거장을 더 가서 남광주시장과 전대병원 앞 승강장에 정차한 순간, 버스 기사의 짜증을 내는 목소리가 들려왔다. "타지 마세요!"를 연발하며 화를 냈다. 그리고 어떤 할아버지가 눈치를 살피며 차 안으로 들어오는 것을 보았다. 잠시 후 버스 기사는 더욱 큰소리로 "내려요", "바빠요!"를 외치며 또 한 번 "내리라니까!"라고 하면서 짜증을 부렸고, 버스 안 승객들의 시선이 일제히 그곳으로 쏠렸다. 나도 깜짝 놀라 살펴보니 어떤 할머니가 짐수레에 한가득 짐을 싣고 타려다 못 타고 내리는 것을 보게 되었다. 옆에 앉아 있던 아주머니가 흥분하여 왜 못 타게 하냐며 연신 불만의 소리를 몇 번 내질렀다. 나 또한 어처구니없는 상황을 그냥 넘기기에는 가슴이 아팠다. 승객이 발 디딜 수 없을 만큼 많은 것도 아닌데, 왜 저러나 싶어서 버스 기사가 승객을 가려 가며 태우는 건 뭐냐며 몇 마디를 했다. 분명 버스 기사의 불의였다. 그리고 횡포였다. 하지만 그 누구도 대놓고 버스 기사에게 나무라는 이는 없었다. 나 또한 뭐라고 말하고는 싶었지만 참았다. 싸우는 것이 무섭고 인간애를 상실한 사람들이 무서웠다. 옆에 앉은 아주머니가 그나마 가장 용기가 있어 보였다. "저런 할머니들은 택시를 타기도 어려울 텐데 버스가 승차 거부를 하면 어떻게 해요? 보아하니 기사도 나이 먹을 만큼 먹은 것 같은데."라고 했다. 맞는 얘기다. 할머니들이 조금이라도 아껴 보려고 먼 시장까지 다니며 장을 보고 무거운 짐을 낑낑거리며 이고 지고 다니는 것을 종종 볼 때마다 안타까운 심정이었다. 그 할머니의 표정과 짐이 한동안 지워지지 않았다.

나이 들어 힘없고 돈이 없으면 더욱 서글프다. 우리 모두 언젠가는 힘없는 노인으로 살아갈 텐데. 조용해진 버스 안에서 가라앉은 내 마음이 웅변을 하고 있다.

지금이 영원한가?

10

이 시대를
살아가고 있는
여성과 남성

   세상은 변하여 남녀가 평등하다고들 한다. 아니 요즘 같으면 평등의 차원을 넘어서 여성 상위 시대를 살아가고 있는 것 같다. 내 생각이 다소 봉건적일 수 있으나, 내 개인적인 생각은 엄연히 신체 조건부터 다르게 태어났으며, 사고와 행동 역시 확연한 구분이 되는 부분이 많고 역할도 다르다고 본다. 내가 여성이지만 남성들은 특별한 경우를 제외하고는 만 20세가 되면 병역의 의무를 피할 수가 없다. 결혼이라도 하게 되면 가장으로 평생 가족을 건사하고 부양해야 한다는 무거운 과제를 안고 살아가야 하는 것이 얼마나 힘들까 생각하게 한다. 물론 요즈음은 맞벌이 부부도 많고 여성의 수입이 남성의 수입을 능가하는 경우도 있지만…….

   성 역할이 무너지고 직업 선택 또한 남녀 구분이 희미해져 가는 있지만, 남성은 남성으로 지키고 해야만 하는 사회적 역할이 있으며, 여성은 여성으로 가져야 할 역할이 있음으로 서로가 다름을 인정하고 양보할 것은 양보했으면 하는 생각이다. 과거의 남성들은 그야말로 남성이라는 것 하나만으로도 많은 특권을 가지고 여성을 존중하지 않은 삶을 살면서도 당당하게 여성을 부리듯 하면서 살아오지 않았는가? 여성은 남성의 그늘에서 벗어나지 못하고 온갖 시중과 집안일로 허리를 펼 시간 없이 가족 모두에게 지고지순한 삶을 살아가도록 은연중 권유를 받으며 살아왔다. 현재도 마찬가지로 남성의 가부장적 사고와 우월주의 사고를 가지고 있는 남성들은 여전히 많다. 또한 맞벌이를 하는 부부가 똑같이 퇴근하고 와서도 여성은 가사를 전담하는 경우가 많다. 또래 남성 대부분이 부부가 함께 운동이나 볼일을 보고 와서 똑같이 지친 몸이지만, 여성은 식사 준비에서부터 잠자리에 들기 전까지 계속 집안일을 해야만 하고 노동에서 벗어나기 힘들다. 남성은 집에 와서 샤워 후 TV를 켜고 휴식에 들어가는 시간이다. 공정하지 않은 삶에 여성은 불만이다. 여성은 온전히 휴식의 시간을 갖는 것이 어렵다. 하지만, 여성들은 힘들거나 지칠 때 다소 시간을 조절하여 사용할 수 있고, 생색도 내가며 집안일을 할 수도 있다. 옛날 시대를 살아온 우리네 어머님 시대에 비하면 지금의 여성들이 살아가는 것은 수월한 편에 속할 것이다. 편리한 가전제품에 가까운 마트나 백화점에서 편리하고 쉽게 쇼핑하여 필요한 것을 채울 수도 있고, 급하면 배달과 외식으로 대체 할 수도 있으니 이 얼마나 편한 생활인가? 또한, 화나거나 외로울 때면 가까운 지인들과 수다로 풀기도 하면서 때로는 쇼핑도 하고 수위를 조절해 나간다.

반면, 남성들은 어떠한가? 특히나 이 시대를 살아가고 있는 남성들의 역할은 그야말로 슈퍼맨을 요구한다. 능력 있는 남편에 다정다감해서 나를 외롭게 하지 않으며, 집안일도 잘하고, 아이들과도 시간을 잘 보내야 하며, 운전도 잘해서 가끔 드라이브 관광도 해 줄 수 있는 등 만능 남성을 요하고 있다. 게다가 남성들은 대체로 자기 안의 스트레스를 남에게 잘 표현하지 못하고, 가슴으로 품고 살아가는 경우가 많은 것 같다. 진정 외롭다고 느껴질 때나 화가 날 때도 담배 한 개비에 분노와 번민을 연기에 담아 허공에 내뿜으며 술 한 잔에 위로를 담아 마시는 경우가 대부분이다. 옛날 같으면 남성이라는 것 하나만으로 군림하며 가족들 눈치 보지 않으며 할 일을 다한 것처럼 행동해도 크게 비난받지 않은 삶을 살았던 것에 비하면 요즘 시대를 살아가고 있는 남성의 역할은 많아지고 기대가 크다 보니 너무 안쓰럽다는 생각마저 든다.

나는 짝꿍과 의견 충돌이나 불만이 생겼을 때, 글로 풀 때도 있고 언니나 친구에게 하소연을 할 때도 있다. 하지만, 짝꿍의 경우에는 가슴으로 품고 마는 것이다. 얼마나 스트레스가 쌓이고 답답할까를 생각하면 미안한 마음에 금방 마음을 풀고 따뜻하게 대하려고 애쓴다. 우리 집 짝꿍 역시 옛날 남성이므로 사고가 개방된 것은 아니지만, 어떤 부분에 대해서는 반드시 고마움의 인사를 한다. 때로는 좀 서운하고 불편하지만, 易地思之(역지사지)의 마음으로 서운함이 오래 가지 않도록 하는 나의 마음과 그의 넓고 깊은 마음이 하나 되어 받아들이듯 그렇게 생활한다. 주변에서 요즈음 남성들이 하는 여러 가지를 그냥 넘기기에는 안타까운 마음이 들 때가 더러 있다. 아내를 위하고 가족을 위하는 마음에서 스스로 하는 행위야말로 아름다운 것이겠지만, 강요와 사회적 흐름에 의한 어쩔 수 없는 행동이라면 난감하다. 요즘 시대를 살아가는 남성들이여 "힘내세요~"라고 말해 주고 싶다. 또한, 여성들의 끝없는 노고를 남성들이 알았으면 하는 마음도 깊다.

11

무지와
신뢰

나는 사람을 잘 믿는 편이다. 내가 다소 냉정하고 철저해 보인다지만, 내 마음속에 한번 들어오는 이에게 먼저 떠나는 일이 있을 수 없고 계산적인 만남을 해 본 적이 거의 없다. 상대방의 말에 귀를 기울이며 내가 크게 손해를 보는 일이거나 어려운 일이 아니라면 제안에 그냥 수락하는 경우가 많다. 그중 대표적인 예로 주변 지인들이 보험 회사에 입사를 하거나 기타 영업을 해야 하는 업종에 취업을 했을 때, 내게 찾아와 뭔가를 권유하거나 곤란해할 때 나는 무리하지 않는 선에서 수용을 해 주는 편이다.

또한, 내가 미처 몰랐던 정보를 말할 때는 "그래~"라고 하는 때가 많고, "이렇게 하는 것이 좋을 것 같아~"라고 하면 나는 "그렇게 하자."라고 하는 편이다. 그렇게 살아오면서 이득을 보는 일도 많고 손해를 보는 일도 있었지만, 최근에 내게 생긴 사건은 아주 큰 손해를 보게 된 일이다.

나는 나름 지식인이라 자부하고 무지와는 거리가 멀다고 생각하고 살아온 사람이지만, 계획하고 달려드는 사람에겐 어쩔 수 없이 당하게 된다. 친절과 미끼로 사람의 마음을 가져가서는 본인들의 이익을 위해서는 속임수를 써 가며 교묘히 계약을 성사시키고 얼마 가지 않아 일하는 장소를 옮기고 연락도 끊어 버리는 보험 설계사들의 못된 행태에 난 당했다.

암 진단 이후로 보험의 중요함 더욱 느끼고 있던 때에 한 보험 설계사 2명은 내게 관리와 재정 설계를 운운하며 접근해서 열심히 친근감을 느끼게 하고 신뢰를 쌓아 갔다. 보험금 청구 등 모든 업무 처리를 대신해 주면서 약 6개월 정도를 내게 신경을 써 주었다. 선물 공세도 하고 친구처럼 동생처럼 그렇게 세심하게 신경을 써 주었다. 그러다가 나는 그들의 덫에 걸린 것도 모르고 아들 명의로 종신 보험 하나를 가입했는데, 그때 그들은 분명 내가 원하는 부분을 잘 알고 있었음에도 저축성 보험으로 인식하게 만들어 가입을 하게 했다. 자세한 약관과 증권을 검토하지 않은 나의 실수였다.

몇 년이 지나고 보험금 납부가 부담이 되어 알아보니 내가 알고 있던 상품이 아니었다. 지점에 직접 내방을 해서 상품 설명을 듣고는 사기를 당한 느낌에 머리가 심하게 아팠다. 설계사들과 연락을 취했지만 헛수고였고 나는 얼마간의 손해를 감수하면서 보험 계약 해지를 결심할 수밖에 없었다. 이러한 과정을 전해 듣고 지인 한 명이 여러 가지 방법을 알려 주며 나의 손해를 감소해 주고자 노력했지만 헛수고로 끝났다.

일반인들이 보험에 관련된 전문 용어를 어찌 다 알 것이며 어떻게 보험 내용을 세세히 살필 수 있을까 하는 생각을 가져 보지만 이것은 철저하게 나의 무지와 잘못된 신뢰가 가져온 결과물이다.

며칠 동안 머리가 아프고 가슴이 답답하며 사람들이 무섭게 느껴져서 사는 것이 힘들었다. 잊어버리기 위해서 애를 썼다.

12

기다려야 하는
시간

오랜만에 큰언니와 함께 교정 치료를 받으러 갔다. 생활에서 흐
트러지는 몸을 바로 잡아 자세를 바르게 해 주는 마사지보다 더
강력하고 약간의 아픔도 있는 도수 치료라고 한다.

몸이 훨씬 가볍고 시원한 것을 느낀다.

언니와 나는 치료가 끝나고 가벼운 점심을 먹고 각자의 집을 향
해 가기로 하고 헤어졌다.

버스 승강장에 도착하자마자 바람이 심하게 분다고 생각은 하
고 있었는데, 순간 회오리바람처럼 거세게 무서운 바람이 불더니
내 눈으로 뭔가가 휘이익 하고 들어가는 것 같았다. 그러더니 내
눈은 그 순간부터 감을 수도 없고 뜰 수도 없는 통증을 유발했다.
잠시 시간이 지나면 좋아지려니 하면서 고통을 참고 눈물도 흘려
보고 숨을 몰아쉬며 참아도 보지만 점점 통증이 심해져 갔다. 이
렇게는 안 되겠다 싶어서 이곳 지리에 익숙한 언니에게 전화를
해서 가까운 안과를 찾아갔지만 수요일은 오전 진료라는 문구가
눈에 띄었다. 데스크를 찾아 2층으로 이동해 문을 열자마자 안경
을 만지고 있던 남자분이 오늘은 진료가 끝나서 모두 퇴근했다고
했고 나는 또다시 절망감과 고통에 탄식이 터져 나왔다.

다시 가장 가까운 안과를 안내를 받고 나오는 길은 멀게도 느껴지고 온몸이 무거웠지만, 안내를 받은 안과에 도착하여 접수를 하려고 하자 간호사는 점심시간이 2시까지이므로 번호표만 받아서 대기하라고 했다. 그때 시간이 1시 정도였다. 1시간이나 기다려야 한다는 절박함에 난색을 보이고 고통을 호소했더니 간호사가 잠깐 앉으라고 하더니 뭔가를 눈에 두 차례 정도 넣어 줬다. 그리고 눈을 감고 있자마자 언제 아팠냐는 듯이 고통이 사라지고 눈을 뜰 수 있게 되었다. 나는 신기하기도 하고 시간도 아까워 간호사에게 눈에 넣은 것이 뭐냐고 물었더니 마취제라고 했다. 시간이 지나면 다시 통증은 시작될 것이라는 안내를 받고 기다리고 있는데 역시나 10여 분 정도 지나니 다시 불편함이 느껴지기 시작하면서 아픔이 더해 왔다. 시계를 보니 30분을 더 기다려야 할 것 같았다. 나는 온몸에서 땀이 나고 머리와 허리까지 모두 아파 왔다. 쓰고 있던 마스크를 벗었다가 썼다를 반복하면서 착용하고 있던 모자도 그 순간만큼은 너무도 귀찮아서 벗어 버리고 싶은 심정이었다. 변덕스러운 봄 날씨 때문에 패딩을 입고 중무장한 나의 옷차림도 부담이 되고 막 소리치고 싶었다. 이렇게 환자는 잠시도 참을 수 없을 만큼 고통에 시달리고 있는데 의사는 점심시간이라고 2시까지 모습을 보이지 않고 환자를 기다리게 하나? 순간 근처에 있는 전대 병원 응급실이라도 가야 하나를 몇 번씩 생각했다. 그러나 기다리며 버텨야 하는 시간과 12시부터 2시까지 점심시간은 휴진이라는 원칙이 야속하고 불합리하게 느껴졌다. 내 생각은 환자가 너무 고통스러워하면 긴급 연락을 취해 잠깐 보고 다시 휴식을 취해도 될 것만 같은데.

그러면 또 모든 체계가 무너지며 질서가 엉망이 될까?

그렇게 어렵게 기다리고 버틴 사이 시간은 흘러서 '김담희'를 호명했다. 진료실에 들어가서 앉고 1분도 채 되지 않아서 의사는 나의 눈에서 뭔가를 꺼냈다. 아주 작은 나뭇잎이라고 했다. 다시 한번 세심하게 살펴본 후 의사는 항생제를 처방했고 그렇게 병원 문을 나오는 나의 발걸음은 가벼웠고 시야는 밝아져 또 새로운 세상으로 나는 향했다.

13

너의 명철을
의지하지 말라

성경의 잠언 3장 5절에 나오는 말씀이다.

서울 유학 시에 언니의 권유로 교회에 나가면서 간단한 교리 응답을 거치고 세례를 받으면서 일요일이면 언니와 함께 교회에 나갔다. 목사님의 설교도 듣고 나름 그럴듯한 신도 행세를 하고 다녔다. 그때 당시 나는 나름 내가 노력하고 원하면 무엇이든 얻을 수 있다는 믿음을 가지고 생활하는 편이었다. 그런데 어느 날 밤, 눈을 감고 잠자리에 들려고 하는데 누군가가 "잠언 3장 5절"이라고 하는 소리가 들리는 것 같아 눈을 뜨고 성경책을 펴서 확인에 들어갔다.

"너의 명철을 의지하지 말라."라는 글귀를 보고 나는 많은 생각을 하게 되었다. 이후부터 내가 뭔가를 행하거나 고민해야 하는 문제에 대해서 나의 온전한 판단을 하지 않으려고 노력했다. 세상 사람들이 살아가는 모습을 볼 때면 저 잘난 맛에 살아가는 사람들이 많은 것을 본다. 본인이 항상 주인공인 것처럼 대중 앞에서 주장을 앞세우고, 대접을 받으려고 군림하면서 자기 것은 아까워 인색함을 드러낸다. 그러면서도 타인에 대한 겸양이나 고마움, 수고에 대해서는 당연하게 넘기는 것을 보게 된다. 그뿐만 아니라 모임에도 가장 늦게 참석하면서 본인이 필요한 것은 모두 챙기는 얌체 같은 사람들이 있는데 이들은 본인의 처사가 전혀 잘못된 것인 줄 모르고 있는 것 같다. 믿는다면서 여호와를 경외하고 말씀을 소중히 하는 것이 아니라 자신의 명철이 최고라고 믿고 행동하는 것 같아 불편하다.

자신감이 넘치고 세상이 만만하게 보일 때, 경계해야 하는 말씀. "너의 명철을 의지하지 말라."를 새긴다. 하나님이 나를 사랑하여 계시처럼 일러 주신 말씀일 테니까.

내가 불자이긴 하지만, 한때 성경 말씀을 귀히 여기고 목사님의 설교를 듣고 찬송가를 부르며 듣고 감사했던 그때도 내게는 소중하니까.

14

명품

요즈음 길을 걷거나 백화점을 가거나 대중교통을 이용할 때 심심하지 않게 눈에 띄는 유명 브랜드, 일명 명품이라고 칭하는 상품들을 걸치거나 소유한 사람들을 종종 보게 된다. 어떤 사람들은 머리에서부터 발끝까지 전부 명품으로 휘감은 사람도 보게 된다.

명품이라고 크게 쓰여 있는 것은 아니지만, 조금만 관심을 가지고 보거나 안목이 있는 사람은 금세 알아볼 수 있다. 어쩌다가 백화점에 가면 여지없이 길게 늘어서 있는 명품관 앞의 사람들. 그들은 무엇을 사기 위해 시간을 버리며 그 앞에 서 있는 것일까?

명품을 모르는 사람들도 명품을 명품으로 볼 수 있을까?

쇼윈도 밖으로 보이는 상품 중 유난히 나의 눈에 들어오는 물건들이 하나씩 있기는 하지만, 아직 정식으로 명품 구경을 제대로 해 본 일이 거의 없다. 먼 나라의 일이라고 여겼다. 이탈리아를 여행하던 중 밀라노에서 모두 명품 쇼핑백을 하나씩 들고 집합 장소로 모일 때도 나는 명품에 별 관심이 없었다. 사람들이 왜 이런 기회를 놓치냐는 듯 구입하지 않은 나와 내 짝꿍에게 질문을 던졌다. 나는 말했다. "내가 명품인데 더 이상의 명품이 무슨 필요가 있냐고~" 나에 대한 자신감도 있었고 굳이 명품에 대한 애착이나 구매 의사가 없었기 때문에 그렇게 말할 수 있었던 것 같다. 다행히도 여행의 일원들이 나의 말에 수긍하는 말을 한마디씩 건네고 인정해 줘서 나는 그들이 고마웠다.

무엇이든 경험하지 못하고 모르면 그 가치를 모르는 법. 수백만 원에서 수천만 원대의 명품 가방 하나를 구입해서 그것을 들고 다니다가 비가 오면 가슴 안으로 감싸 안으며 본인의 머리와 옷은 비를 맞아도 가방만큼은 보호한다는 얘기를 여자들은 다 알고 있다. 명품이라고 들고 다니는 가방이나 신발이나 옷이 나의 시선을 붙잡고 매력 있어 보이는 경우는 드물다. 나의 안목이 세련되지 못하고 고급스러운 물건을 잘 알아보지 못하는 것인지 모르겠으나 그다지 멋져 보이지 않는 것은 사실이다. 간혹 온라인 매체, TV, 잡지 등에서 보면 정말 욕심이 나고 예뻐 보이는 것들이 다소 있긴 하지만 그야말로 그림의 떡이라는 생각에 보는 것으로 만족하는 나였다.

우리 집 짝꿍은 언젠가는 내게 명품다운 명품 가방을 선물해 줄 것이라고 말한 지가 제법 된 것 같다. 내가 갖고자 했으면 진즉 하나쯤은 가질 수도 있었겠지만 그다지 욕심이 없었던 터라 관심도 가지지 않았다. 그러다가 최근 그가 드디어 기회를 주었다. 난 가지지 않아도 살 수 있고 고를 수 있다는 것만으로도 행복하다고 말했다. 그러면서 명품 가방에 대해 알아보니 명품 중에서도 명품이라는 H사의 가방을 내가 좋아하는 디자인으로 고르려니 오천만 원을 넘게 줘도 구입이 어렵고 대기 시간도 길어서 소장할 수 있는 여건이 어렵다는 판단이 들었다. 명품 가방이라는 것들이 예쁘면 수납공간이 부족하고, 너나 나나 모두가 들고 홍보하는 것처럼 보이는 가방들은 나까지 홍보에 나서고 싶지 않아 싫고 고르는 게 너무 어렵다는 생각이 들었다.

내가 아직 체험해 보지 못한 명품의 가치를 깨닫는 순간 나 역시 고가의 명품들을 욕심내게 될지는 모르나, 비싼 돈을 줘 가면서 굳이 들어야 하냐는 생각은 지금도 변함이 없다. 적당한 금액에 부담 없이 가볍게 들고 다니면서 가방 안에 무엇이든 쏙쏙 집어넣고 다닐 수 있는 가방. 어떤 옷과도 어울리는 가방이 진정한 명품 가방이 아닐까? 아는 사람은 모두 알아보는 명품의 로고가 자신감을 주는 걸까? 나도 한번 경험해 보자. 진정 명품이라 말하는 브랜드의 제법 값나가는 가방이 뭐가 다른지. 허영심의 길에 들어서는 것인지도 모르겠다. 많은 사람이 열광하고 좋아하는 명품의 가치를 체험해 봐야 뭐라 말할 수 있을 것 같다.

 얼마 전에는 백화점에 부부 동반 명품 쇼핑도 했다. 기껏해야 이삼백 만원이면 들 수 있는 가방들은 많았다. 그런데도 내가 소유하고 싶은 가방들은 별로 눈에 띄지 않았다. 계속 눈으로만 보면서 내 것이 될 수 있는 것을 물색하고 있는 사이 짝꿍은 궁금해서인지 구매를 했는지 물어봤다. 금액에 연연하지 말고 맘에 드는 것을 골라야 한다며 관심 있게 말해 주는 그가 고맙고 멋져 보였다. 드디어 금액과 브랜드, 크기가 적당한 명품 가방을 나도 구입하게 되었다.

 내가 명품 가방을 들고 외출하던 날, 나의 어깨와 내가 입고 있는 옷까지 당당함에 더 멋져 보이는 걸 느꼈다. 이것이 명품이 주는 멋인가? 명품의 가치가 주는 자신감과 당당함인가? 왠지 어떤 옷과도 코디가 잘된 것만 같은 느낌은 나의 착각인지도 모르겠다. 이것이 무엇인가? 내가 명품 브랜드에 현혹되어 가고 있는 것인가? 내면의 진정한 아름다움과 향기로운 나의 모습, 내가 말했던 나의 명품화는 어디로 갔는가?

15
그 여자의 하늘,
그 남자의 땅

그녀는 하늘을 향해 바라본다.
꿈과 희망과 이상을 함께 묶어
그 남자는 땅을 향해 바라본다.
자신의 영역과 포부와 야망을 함께 묶어

그 여자는 사랑을 생각하면서도
홀로 있거나 함께할 때도
높은 하늘을 향해 손짓하고
고개 들어 쳐다본다.

그 남자는 자신의 힘을 과시하고 싶을 때도
홀로 있거나 함께 할 때도
발아래 땅을 향해 한숨을 토해 내고
고개 숙여 바라본다.

16

지나친 배려는 간섭

그대 생각나서 만나는 날
우리 다 함께 시간 내어 좋은데
그대는 우리더러 자꾸만
바쁠 텐데 가 보라 하네.

그대 생각나서 만나는 날
우리 다 함께 소중한 인연
감사한 마음에 행복한데
그대는 뭐가 그리 바쁜지
갖은 핑계로 우리 곁을 떠나려 하네.

그대 마음도 내 마음도
배려가 지나치면 간섭이라네.
사람 마음, 형편은 자기 몫이라네.
주는 마음, 받는 마음, 함께하는 마음
적당한 배려로 서로에게
편안한 정 만들어 가세.